나는
꿈꾸는
간호사입니다

나는 꿈꾸는 간호사입니다

2019년 05월 22일 초판 01쇄 발행
2023년 12월 01일 초판 05쇄 발행

글 김리연
사진 김리연, Unsplash

발행인 이규상
편집인 임현숙

펴낸곳 (주)백도씨
출판등록 제2012-000170호(2007년 6월 22일)
주소 03044 서울시 종로구 효자로7길 23, 3층(통의동 7-33)
전화 02 3443 0311(편집) 02 3012 0117(마케팅) 팩스 02 3012 3010
이메일 book@100doci.com(편집·원고 투고) valva@100doci.com(유통·사업 제휴)
블로그 blog.naver.com/h-bird 인스타그램 @100doci

ISBN 978-89-6833-211-1 03810
© 김리연, 2019, Printed in Korea

꿈과 현실 사이에서 고민하는
간호사들에게 건네는 응원

나는
꿈꾸는
간호사입니다

김리연 에세이

허밍버드
Hummingbird

지금도 각자의 자리에서
환자 간호에 온 정성을 쏟고 있을
이 땅의 모든 간호사들에게

Prologue

첫 책 《간호사라서 다행이야》가 나온 지 4년 만에 두 번째 책을 쓰게 됐다. 첫 책에서는 간호사로서의 버라이어티한 성장기를 보여 줬다면, 이번 책에는 뉴욕에서 일하는 한국 간호사로서 겪은 생생한 이야기들을 가득 담았다. 한국 간호사들에게는 해외 간호사에 대한 로망이나 환상이 있곤 한데 미국도 한국과 별반 다르지 않다는 걸, 어디에나 힘들고 지치는 순간은 있다는 걸 알려 주고 싶었다. 타국에서 외국인 간호사로 일한다는 게 결코 호락호락한 일이 아니지만 쉽지 않은 현실 속에서도 빠르게 적응을 하고, 힘든 일도 즐기며 극복해 나갈 수 있었던 나만의 방법을 나누고자 했다. 더 나아가 외국에서 일하는 한국 간호사로서 깡을 키울 수 있는, 텃세와 차별에도 유연하게 대처할 수 있는 노하우도 아낌없이 실었다.

처음 뉴욕에 왔을 때, 또 한 번의 신규 간호사로서 잔뜩 긴장한 채
일하는 내게 매니저가 해 준 말이 있다.

"Don't stress yourself out. Just play around it!(스트레스 받지 마.
마음껏 즐겨!)"

간호사 일을, 우리의 직업 자체를 즐기라는 것이었다. 한국에서의
간호사 생활이 즐겁고 재밌기보단 어렵고 힘들었던 내겐 신선한
충격이었다. 그래서 보다 더 깊은 경험담과 나만의 팁을 공유해
간호사의 길을 걸어가는 사람들이 존중받고 일할 수 있길, 자신의
일을 즐길 수 있길 소망하며 책을 썼다.

아직도 한국 간호사들은 열악한 근무 환경과 처우, 잘못된 고정관
념 등으로 고통받고 있다. 간호사를 꿈꾸고 간호학 공부를 시작했

을 때의 마음은 이런 환경에서 퇴색하고 만다. 매해 한국 간호사들에게서 안타까운 소식이 들려온다. 분명 언론에 알려지지 않은 일들도 많을 것이다. 이런 상황 속에서 부디 간호사가 처한 환경이 조금씩이나마 개선될 수 있도록, 간호사의 인권이 존중받을 수 있도록 목소리를 높이는 간호사가 되고 싶다.

간호사라서 다행이라고 얘기할 수 있기까지는 많은 시간과 눈물, 경험이 필요했다. 이제는 현실에 안주하지 않는 '꿈꾸는 간호사'로 살고 싶다. 나는 아직도 이루고 싶은 꿈이 많다. 무엇보다 해외 간호사를 꿈꾸는 간호사 후배들이 잘 정착할 수 있도록 이끌어 주는 좋은 선배가 되고 싶다. 지금까지 그랬듯 앞으로도 옆집 언니처럼 편안한, 힘들 땐 언제든지 기댈 수 있는, 항상 간호사들의 마음에 귀 기울이는 사람으로 기억되고 싶다. 이 땅의 많은 간호사들이 좀 더 나은 환경에서 행복하게 일할 수 있기를 바라며, 간호사의 길을 걸어가고 있는 사람들에게 응원의 말을 전한다.

"삶과 죽음 사이를 넘나드는 환자들 틈에서 내 한 몸 제대로 돌볼 여유는 없지만, 환자들의 '감사합니다', '덕분입니다' 한마디에 모든 피로와 설움이 풀리는, 누구에게나 자랑스럽게 말할 수 있는 내 직업은 바로 '간호사'입니다."

간호사라는
꿈을 이루다

최고가 아니면 어때?

나는 꿈이 없어요

'사람들은 어쩌면 그렇게 자기가 하고 싶은 것을 잘 알고 꿈을 향해 열심히 사는 걸까.'

고3 끝자락, 모두들 하고 싶은 것이 뚜렷하게 있어 보이는데 나는 왜 이럴까 하는 생각이 들기 시작했다. 나는 특별히 흥미를 갖고 열정적으로 매진하고 싶은 것도 없고, 공부에도 영 취미가 없었다. 그저 학교에서 시키는 대로 공부만 했을 뿐 진로에 대해 심각하게 고민해 본 적도 없던 나는 대학 진학을 앞두고 "네가 정말 하고 싶은 건 무엇이냐"는 질문에 답해야만 하는 상황에 놓였다. 완전히 잉여인간 같았던 고3 생활이 그렇게 지나가고 있었다.

"수시 원서 써야 하니까 내일까지 잘 생각해 와."
선생님의 말씀은 마치 앞으로 평생 어떻게 살아갈 건지 당장 결정하라는 것처럼 들렸다. 나는 운동도 좋아하고 그림 그리는 것도 좋아했지만, 두 가지 모두 그저 즐기며 살고 싶었지 직업으로 삼고 싶은 생각은 들지 않았다. '그렇다면 나는 뭘 해야 하지? 뭘 하면서 먹고 살아야 하나?' 이제 막 현실적인 고민에 빠졌지만 생각할 시간은 넉넉하지 않았다. 뭘 좋아하는지조차 몰라 고민하는 내게 엄마는 말했다.

"리연아, 간호사는 어떻게 생각해?"

"갑자기 간호사라니?"

"이모가 간호장교잖아. 이모 봤지? 얼마나 즐겁고 행복하게 일하는지."

"그치만 간호사가 무슨 일을 하는지도 잘 모르는걸?"

"간호사는 아주 멋지고 좋은 직업이야. 네가 좋아하는 영어에 전문적인 기술까지 더해진다면 원어민과 견주어도 경쟁력이 있지 않을까? 궁금하면 일단 한번 간호대학에 가서 교수님과 면담해 보는 건 어때?"

간호대학을 직접 방문한다고 생각하니 조금씩 호기심이 생기기 시작했다. 그때까지만 해도 간호사에 대해서 전혀 아는게 없었지만 엄마의 말을 들으며 한번 가서 알아보는 것도 나쁘지 않겠다는 생각이 들었다.

첫 번째

꿈.

설레는 간호대학 방문

엄마가 추천한 곳은 3년제 간호 전문대로, 졸업을 하면 간호 전문학사를 받는 곳이었다. 전문대라니 처음엔 조금 망설여지기도 했지만, 뭘 하고 싶은지조차 모르겠는 상황에서 일단은 마음을 열고 간호사가 어떤 직업인지, 어떤 준비가 필요한지 알아봐야겠다는 생각에 마음을 굳게 먹고 간호대 교수님 방문을 두드렸다.

한 시간 정도 상담을 하는데, 간호 전문대에서 공부를 하다 호주 간호대로 편입해서 공부해 호주에서 간호사가 될 수도 있다는 교수님의 설명을 듣는 순간 갑자기 가슴이 두근거리기 시작했다. 고등학생 때 잠시 다녀온 캘리포니아 어학연수로 외국에 대한 환상이 있던 때였다. 편안하고 자유로운 생활 그리고 그곳으로 가면 성공할 수 있을 것 같다는 막연한 아메리칸드림. 제주도에서 나고 자란 내가 외국에서 생활하는 모습은 상상만으로도 심장이 쿵쿵 뛰고 설레는 일이었다.

면담을 마치고 나오면서 생각했다.

'그래, 학교가 중요한 게 아니야. 내가 여기서 어떻게 하느냐에 달렸지. 3년 동안 열심히 해야겠다. 아무 생각 없이 주어진 길로만 가지 않고 내가 원하는 것과 좋아하는 게 무엇인지, 어

중요한 건 내가 '어디'에 있는지가 아니라
'어떻게 하느냐'라는 것.
그렇게 처음으로
꿈에 대해 진지하게 고민하기 시작했다.

떻게 하면 훌륭하게 성장할 수 있을지 끊임없이 생각해야지.
전문대를 나와서도 성공할 수 있을 거야!'

외국에서 간호사로 일한다고?

외국에서 간호사가 된다는 건 내게 호기심과 동기를 부여하기
에 충분했다. 그동안 해 왔던 공부는 특별한 목표의식 없이 그
저 꾸역꾸역 해 나가는 식이었다. 동기 부여할 만한 수단이 없
었던 것이다. 그런데 의문이 들었다. 과연 분명한 꿈이나 목표
없이 간호사가 되고 싶다는 생각만 갖고 외국에 가서 간호사
로 성공할 수 있을까?

고3 끝 무렵, 나는 잔뜩 풀이 죽어 있었다. 여기저기서 들려
오는 소위 엄친아, 엄친딸들의 명문대 진학 얘기들. 그런 나를
보며 엄마는 공부가 다가 아니라 대학 진학 후에 어떻게 하느
냐가 더 중요하다고 하셨지만, 내 마음은 그렇지 않았다. 우리
부모님이라고 딸 자랑하고 싶지 않았겠는가? 나도 부모님께
자랑할 만한 멋진 딸이 되고 싶었다. 이상하게도 막연히 간호
사가 되면 그럴 수 있을 것 같았다. 그 단순한 이유가 나를 시
작하게 했다.

꿈이나 목표라곤 없던 나.

그저 부모님께 자랑할 만한 멋진 딸이 되고 싶었다.

그 단순한 이유가 나를 시작하게 했다.

첫 번째

꿈.

처음 1년은 많이 방황했다. 친구라고 생각했던 고등학교 동창에게 전문대생이라고 무시를 당하고 나서 당장 편입을 준비할까 생각도 했지만, 내가 선택한 결정이 맞았다는 걸 증명하고 싶은 오기 같은 게 생겼다. 비록 최고로 시작하진 않았지만 보란 듯이 멋지게 성공하고 싶었다. 우리나라에서 제일 큰 병원에 취직하고 말겠다는 큰 포부를 갖고 그 누구보다도 행복하고 멋진 간호사가 되리라 다짐했다.

학생 간호사의 살벌한 실습

간호대 3학년이 되면 병원으로 실습을 나간다. 책상에 앉아 이론 공부만 하는 게 아니라 병원에서 직접 몸으로 움직이며 배우는 것이라 실습을 더 좋아하는 간호학생들도 있었다. 하지만 배치된 부서의 분위기에 따라 그 경험도 천차만별이었다. 실습 기간이 끝날 때까지 살얼음판 위에서 간호사 선생님 눈치만 보다가 끝나는 경우도 있기 때문이다.

실습 첫날. 병동에 배치되어 선생님들께 인사를 드리고 병동 분위기를 파악하고 있는데, 마침 교대 근무 시간이라 선배 간호사 선생님에게 인계를 하는 신규 간호사 선배님의 모습이 보였다. 그 순간, 병동에 찌렁찌렁 큰소리가 울려 퍼졌다.

"뭐라고? 다시 말해 봐."

소리가 난 쪽으로 고개를 돌리니 선배 간호사 선생님이 쥐고 있던 볼펜으로 신규 간호사 선배님의 머리를 쥐어박는 게 보였다.

"이걸 공부를 해야 제대로 인계를 하지. 뭔지나 알고 얘기하는 거야? 나 시간 낭비하게 하지 말라고 했지! 이거 차트 엉망이니까 다시 하고 검사받고 가. 나 일하는데 거슬리니까 저리 좀 가."

선배 간호사 선생님은 신규 간호사 선배님을 향해 귀찮다는 듯 손을 휘휘 내젓더니 간호 차트를 내팽개쳤다. 이게 말로만 듣던 태움*이라는 거구나! 너무 무섭고 놀랐다. 실습 나온 간호학생들이 있는데도 저렇게 혼을 내다니. 더 놀라운 건 그런 일이 한두 번이 아니라는 듯 담담한 표정으로 떨어진 차트의 종이들을 하나씩 줍고 있는 신규 간호사 선배님의 모습이었다. 그 모습을 나도, 환자들도, 그 옆의 보호자들도, 다른 의료진도 모두 여지없이 봤다.

'저 선생님은 왜 여기 계속 있는 거지? 나라면 당장 그만둘

---

* '영혼이 재가 될 때까지 태운다'는 뜻에서 나온 말로, 선배 간호사가 신규 간호사를 가르치는 과정에서 교육을 명목으로 가하는 정신적·육체적 괴롭힘을 뜻한다.

텐데.'

신규 간호사 선배님이 안쓰러웠지만 간호학생으로서 할 수 있는 일은 그저 그 상황을 못 본 척하는 것뿐이었다. 그때 당시에는 '왜 저렇게까지 혼을 내는 거지?', '왜 저렇게 죄인처럼 일해야 하지?' 의문이 들었다. 간호사로서만 열심히 일하면 문제가 없을 거라 생각했다. 하지만 그런 마음으로 들어가게 된 병원에서 나 역시 그런 일을 당하게 될 줄은 꿈에도 몰랐다.

간호사 박물관 & 간호사 체험 프로그램

간호사라는 직업이 궁금하다면 간호사 박물관과 간호사 체험 프로그램을 추천한다. 박물관을 관람하며 간호사의 역사를 공부하고, 견학·체험·인턴십 등의 프로그램을 통해 간호사가 어떤 직업이고 무슨 일을 하는지 직접 경험해 볼 수 있다. 다음에 소개하는 것 외에도 진로 체험 프로그램, 간호사 현장 체험, 미래 간호사 체험 활동 등 병원이나 대학교에서 다양한 프로그램을 진행하고 있다.

● 서울대학교 간호학 박물관

간호학·간호교육·간호활동의 역사가 담긴 1,000여 점의 자료를 수집, 보존하고 있는 곳이다. 다양한 전시와 교육을 제공한다. 홈페이지에서 원하는 날짜와 시간을 선택해 견학 신청 후 승인을 받으면 방문할 수 있다. 견학일로부터 일주일 전까지 예약 가능하다.

∩ nursing.snu.ac.kr/museum

● 연세대학교 간호대학 고등학생 견학 프로그램

연세대학교 신촌 캠퍼스에서는 간호대학에 관심이 있는 고등학생을 대상으로 연세대학교 간호대학을 견학할 수 있는 프로그램을 제공한다. 견학 신청서를 작성해야 하며, 선착순으로 20여 명을 모집한다.

∩ nursingcollege.yonsei.ac.kr/intro_school/tour

● 삼성서울병원 간호학생 인턴십 프로그램

병원에서도 간호학생들에게 인턴십 프로그램을 제공한다. 삼성서울병원에서는 간호대 졸업 예정자를 대상으로 인턴십을 실시한다. 인턴십 우수 수료자에게는 신입 간호사 채용 시 우대 혜택이 주어진다. 단, 학점이 자격 기준에 부합해야만 지원 가능하니 참고할 것.

∩ www.samsunghospital.com

'생 신규'의 병동 적응기

피할 수 없는 회식

신규 간호사로서 과 회식은 피할 수 없는 관문 중 하나다. 술이나 술자리를 좋아하는 사람이라면 문제없지만, 술만 먹으면 온몸에 두드러기가 나는 등 알레르기 반응이 일어나는 나 같은 사람은 여간 곤욕스러울 수가 없다. 간호대학 신입생 시절 처음으로 술을 마셨던 날, 소주 한 잔에 바로 취해 잠이 들었던 기억이 있는 나는 그래서 첫 회식을 앞두고 너무 긴장이 됐다. 술을 전혀 먹지 못한다는 걸 알고 있는 동기들은 술을 권하지 않았지만, 사회 초년생으로서 첫 회식에서 그럴 수만은 없었다. 선배들은 물론 간호 과장님과 의국 사람들까지 모두 참여하는 자리라 술을 마시지 않으면 안 될 것 같았다.

이비인후과 과장님의 축사를 시작으로 신규 간호사들의 자기 소개가 이어졌다. 내 차례가 돌아와 자리에서 벌떡 일어나

첫 번째
꿈.

인사를 하고 과장님이 건네주시는 술을 받았다. 분위기상 도저히 거절할 수가 없었다. 나는 옆에 있던 선배 간호사에게 작은 소리로 속삭였다.

"선배님, 저 진짜 술 못 마시는데 어떡하죠? 마시면 바로 잠들어요."

"괜찮아. 그래도 예의상으로 한 잔은 받아야지."

어쩔 수 없이 소주를 한 잔 받아 마신 뒤 나는 예상대로 깊은 잠에 빠졌다. 그리고 역시나 기억 상실. 그렇게 내 첫 회식은 허무하게 끝이 났다. 오프(Off, 근무를 쉬는 날) 날에도 쉬지 못하고 참여해야 하는 회식, 가기 싫어도 결코 거부할 수 없는 분위기…. 근무의 연장이나 다름없는 회식은 술을 좋아하고 잘 마시는 간호사들에게도 고문이나 마찬가지였다.

반대로 간호사들끼리의 회식은 과 전체 회식과는 분위기가 달랐다. 아무래도 간호사들끼리만 있으니 더욱 친밀했고, 동기들과도 함께여서 편안하고 재밌었다. 하지만 또 마냥 그렇기만 한 건 아니었으니, 선배들의 이상한 트집과 인격 모독에 상처받은 적이 한두 번이 아니었다. 청바지를 입고 출근하는 게 마음에 들지 않았는지 앞으로는 정장만 입고 다니라고 하던 선배, 남은 음식은 후배가 다 먹어야 한다는 이상한 전통, 인격 모독과 사생활 침해 등…. 예의 없고 생각 없는 말이 오가기 일쑤었다.

처음에는 너무 곤욕스러웠지만 어느 순간 그런 회식 자리도 즐기고 있는 내 모습이 웃기면서도 슬펐다. 매도 계속 맞으면 적응이 된다고, 나중에는 독한 소리를 들어도 웃어넘기는 경지에 이르렀다. 기분은 상하지만 티 내지 않는 것. 그게 사회생활을 순탄하게 해 나가는 법이겠거니 생각하며 대수롭지 않게 넘기게 됐다.

내겐 너무 벅찬 나이트 근무

나는 정말 밤잠이 많다. 학생 때 공부를 하면서도 밤 한번 새워본 적이 없다. 그런 나에게 간호사로서 피할 수 없는 나이트 근무(주로 밤 11시부터 그다음 날 오전 7시까지 이뤄지는 근무)는 지옥 중의 생지옥이었다.

첫 나이트 근무 날, 출근하기 전부터 긴장해서 엄마에게 전화를 했다.

"나 오늘 처음으로 나이트 근무하는데 새벽에 졸리면 어떡하지? 벌써부터 생각만 해도 졸려. 이러다가 선배한테 혼날까 봐 걱정돼."

엄마는 푹 자고 체력 준비 단단히 해서 출근하라고 당부하셨지만, 긴장을 해서 그런지 원래 낮잠을 안 자는 스타일이라 그런지 침대에 누워 한숨도 못 자고 끙끙거리다 출근을 하게 됐다. 수면제라도 먹어 억지로 잤어야 했나 생각이 들 만큼 피곤이 몰려 왔다.

일단 여러 동선을 파악하고 업무를 익힐 때는 졸음이 덜했는데, 드디어 내가 걱정하던 시간이 오고 말았다. 새벽 1시가 넘어가자 눈꺼풀이 무거워지기 시작했다. 프리셉터(Preceptor, 신규 간호사를 가르치는 경력직 간호사) 선생님께서 내 옆에 앉아 이것저것 알려 주시는데 그 목소리가 자장가로 들리면서 순간 졸음이 쏟아지며 고개가 푹 꺾였다.

"리연아, 자니? 지금 교육하는데 졸면 어떡해?"

"정말 죄송합니다, 선생님. 제가 밤을 새워 본 적이 없어서 너무 졸려요. 세수 좀 하고 올게요."

차가운 물로 몇 번이나 세수를 했지만 그럼에도 계속 잠은 밀려왔다. 천하장사도 눈꺼풀은 못 이긴다는데 나라고 별 수 있겠나. 졸릴 때마다 허벅지를 세게 꼬집으며 교육을 들었다 (다음 날 보니 양쪽 허벅지가 시퍼렇게 멍들어 있었다). 그 후로도 나이트 근무를 하는 날엔 허벅지가 남아나질 않았다. 다른 간호사들은 잘만 하던데 나는 왜 이렇게 나이트 근무가 어렵고 힘든 건지.

지난했던 나이트 근무가 끝나고

무거운 몸을 이끌고 퇴근할 때면

다른 간호사들이 그저 대단하게 느껴졌다.

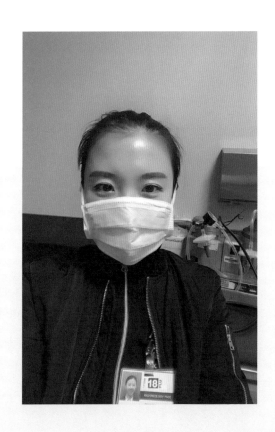

"리연아, 많이 졸리지? 처음이라 힘들 텐데 그래도 계속하다 보면 적응될 거야."

힘들어하는 나를 다독이며 선배들은 나이트 근무가 있는 날엔 일부러라도 낮잠을 자는 게 좋다고, 수면을 유도할 수 있도록 암막 커튼을 사용하는 것도 방법이라고 알려 줬다. 졸음이 쏟아져서 어찌할 바를 모르는 나와 달리 신체 리듬이 완전히 바뀌는 나이트 근무를 문제없이 해내는 다른 간호사들이 그저 대단하게만 느껴졌다.

나이트 근무를 경험하기 전엔 '간호사들은 새벽에 뭐 하지? 환자들 잘 때 잠시 쉬나?' 생각했는데 그건 정말 오산이었다. 환자나 보호자를 상대할 일이 많이 없어 낮 근무보다는 한산할 것이라는 예상은 보기 좋게 빗나갔다. 일이 너무 많아 10분 안에 밥을 해치우기 일쑤, 숨 돌리며 물 먹을 시간도 빠듯했다. 그렇게 한 번도 제대로 앉아 쉬지 못하고 화장실 가는 것도 참으며 일을 하다 보면 어느새 아침이 되어 있었다. 어쩌면 이렇게 쉴 수 있는 시간이 조금도 없는 걸까?

드디어 동이 터 올랐다. 머리가 띵하고 눈꺼풀이 무거워져만 갔다. 하늘이 붉게 물들며 세상의 아름다움은 시작됐지만 나는 만사가 다 귀찮았다. 그저 얼른 집에 가서 보드라운 이불에 다이빙하고 싶은 마음뿐이었다. 나에게는 벅차기만 한 나이트 근무. '과연 앞으로 잘 해낼 수 있을까?' 하는 걱정만 머릿속에 맴돌았다.

'Off' 맞아요?

간호사에겐 그야말로 꿀 같은 오프. 하지만 오프 날에도 병원에서 벗어날 수 없는 게 현실이다. 이전 타임 근무에서 작은 실수라도 있던 날이면, 오프고 뭐고 당장 전화를 걸어 잘못을 따지고 다음에는 이런 실수를 하지 않도록 다짐까지 받아 내야 직성이 풀리는 듯했다. 꼭 전화해야만 하는 일이 아니라도 굳이 전화를 했는데, 고된 근무 후라 너무 피곤해 못 본 척하고 싶어도 전화를 받지 않으면 몇 십 통의 전화가 계속 걸려 올 게 불 보듯 뻔했고 선배들의 후폭풍이 걱정돼 어쩔 수 없이 받을 수밖에 없었다.

오프 날에도 병원 근무 외 따로 해야 하는 일이 있었으니, 바로 환경 미화였다. 분명 '간호'를 하려고 병원에 들어간 건데 쓸고, 닦고, 오리고, 자르고, 붙이는 일은 왜 이렇게 많은 건지. 내가 청소를 하려고 병원에 온 건지 의심이 갈 정도였다. '간호만 하고 싶다'는 생각이 머리끝까지 차올랐지만, 이런 것들은

첫 번째
꿈.

오프 날에도 쉬지 못하고

선배들을 대신해 논문 자료를 조사한 적도 있다.

신규 간호사에게 오프는 '꿀'이 아니라 '꿈'일 뿐.

모두 후배가 해야 할 일이라 오프 날에도 할 수 없이 병원에 나가 일을 했다.

공부를 하는 선배가 있으면 논문을 위한 자료 조사도 대신해야 했다. 이게 다 무슨 소리인지, 내가 이걸 왜 하는지도 모른 채 선배가 부탁한 일이니 따라야 했다. 선배의 말 한마디에 죽고 살고. 나 자신이 그저 쉽게 이용할 수 있는 수단이 된 것 같아 씁쓸했다. 돌이켜 생각해 보니 병원을 퇴사할 때까지 진정한 오프는 단 하루도 없었다. 이런 말도 안 되는 군기 아닌 군기, 정말 없어져야 할 악습 중 하나가 아닐까.

스터디 그룹, 헬렌 켈러 클럽

병원 교육의 단점 중 하나는 한 번만 알려 준다는 것이다. 잘 모르는 부분이 있어도 나 빼고는 모두들 다 알겠다는 표정으로 가만있는 가운데 신규 간호사가 혼자 손을 들고 질문하려면 큰 용기가 필요했다. 교육해 주는 선생님들은 또 얼마나 매섭고 쌀쌀맞은지. 혼날까 봐 무서워 물어볼 수도 없었다. 신규 간호사가 교육 내용을 정확하게 숙지할 때까지 여러 번 가르쳐 주고, 거기에 더 공부하고 싶은 간호사들을 위해 교육을 보강해 주는 프로그램이 있으면 좋을 텐데도 불구하고 교육은

첫 번째
꿈.

항상 단 한 번으로 끝내고 시험을 봤다.

'그래. 나한테만 어려운 게 아닐 거야. 어떻게 한번에 다 이해하겠어? 열심히 연습하고 공부하면 돼.'

나만 헤매는 게 아닐 거라며 스스로를 다독여 봤지만 불안하고 두려운 건 어쩔 수 없는 일. 모두들 같은 마음이었는지 어느 순간부터 나와 동기들은 하나둘씩 모여 정해진 교육이 끝난 후에 보충 공부와 함께 실기 연습을 하기 시작했다. 그렇게 모이다 보니 점점 인원이 많아져 우리만의 스터디 그룹이 생겼다.

"애들아, 우리 이렇게 남아서 같이 공부하는 김에 모임 이름 지어서 더 파이팅하자. 헬렌 켈러 클럽 어때? 헬렌 켈러는 고난과 역경을 딛고 결국 훌륭한 사람이 되잖아. 우리도 지금은 힘들고 어려운 부분이 많지만, 다 같이 모여 서로 도와주고 알려주면서 열심히 해 보자."

동기 중 한 명의 권유로 우리 모임은 '헬렌 켈러 클럽'이라는 이름을 갖게 됐다. 교육을 받아도 뭔 소린지 이해할 수가 없어 스스로 자책할 때마다 우리는 서로에게 힘이 되어 주었다. 그렇게 시험 전날까지 자발적으로 모여 공부를 했고, 그 결과 다행히 모두 우수한 성적으로 모든 시험을 패스할 수 있었다. 혹시 시험에 합격하지 못하면 입사가 취소되는 건가 불안했던

함께 시험 공부도 하고 생일도 축하해 주면서

서로에게 힘이 되어 주었던 우리들.

동기들이 있었기에 신규 간호사 생활을

잘 버텨 나갈 수 있었다.

나날들. 동기들이 없었다면 어려운 교육은 물론, 힘들고 고단한 신규 간호사 생활을 잘 해낼 수 있었을까. 서로가 서로를 이끌어 주었던 동기들이 새삼 고마웠다.

생 신규 주의사항

● 신규는 만능이어야 한다?

신규 간호사들은 보통 무엇이든 잘해야 한다는 압박감에 스트레스를 받곤 한다. 잘 보이고 싶은 마음에 뭐든지 해 보겠다며 나서지만 전혀 그럴 필요 없다. 오히려 잘 모르는 것에 어쭙잖게 나섰다가는 큰일 날 수 있다. 내 열정과 자존심보다는 환자의 안전이 우선되어야 한다는 걸 기억하자.

● 술자리가 힘든 간호사여

억지로 마실 필요는 없다. 인사불성이 되는 것보다는 적당히 마시거나 적절히 거절하는 게 좋다. 자기 몸은 자기가 지켜야 하는 것! 분위기 맞추려고 몸을 상하게 하면서까지 마시는 건 똑똑한 신규 간호사라면 절대 해서는 안 되는 행동이다.

● 나쁜 말에 의미를 부여하지 말자

사회생활을 하다 보면 듣기 싫은 말, 상처가 되는 말을 들을 때도 있다. 그럴 땐 이해하려고 하기보다는 '이런 사람도 있구나' 하고 넘어가는 게 정신 건강에 좋다. 가령, 선배한테 활활 탔다고 생각해 보자. 그런데 과연 그 사람이 나에게 얼마나 중요하고 의미 있는 사람일까? 그런 사람이 하는 말에 상처를 받고, 그 말을 곱씹으며 스스로 상처 줄 필요 없다. 물론 어려

울 수 있지만, 마음을 단련하며 의연하게 받아들이는 연습을
해 보자.

● 여우 꼬리 만들기

여우가 되라는 말은 순진하게 당하지만 말고 피할 수 있는 상
황은 융통성 있게 휙휙 비켜 나가란 뜻이다. '여우스러움'을
키우는 데는 사회 경험이 최고다. 그래서 나는 간호학생들의
대외 활동을 적극 찬성하는 편이다. 아르바이트, 봉사활동 등
을 통해 여러 사람들을 접하다 보면 점점 사람을 대하는 기술
이 늘며 나와의 다름을 경험하고 이해하면서 내공이 쌓인다.
그러니 기회가 된다면 사회에 나오기 전 여러 가지 경험을 해
보길 바란다.

컴플레인은 어려워

아찔했던 첫 컴플레인

간호사가 되어 처음 근무했던 곳은 이비인후과 병동이었다. 이비인후과는 수술을 한 후 환자들이 숨을 원활하게 쉴 수 있도록 목에 관을 삽입하는 경우가 있는데, 관에 가래가 많이 껴제때 빼 줘야 한다. 긴 튜브처럼 생긴 카테터(Catheter)를 넣어 가래를 제거하다 보면(이를 '석션Suction'이라고 한다) 그 일만으로 하루가 훌쩍 가 버리는 그런 날이 계속되던 때였다.

그날, 내가 맡은 환자 중에 관 때문에 말을 못하는 환자가 있었다. 기관지에서 가래 소리가 심하게 들려 즉시 석션을 시작했다. 그런데 내가 하는 방법이 마음에 안 들었는지, 아니면 신규 간호사인 내가 어리숙해 보였는지 갑자기 버럭 화를 냈다. 목소리가 나오지 않아 무슨 말을 하는지는 이해하기 어려웠지만 격하게 항의하는 태도를 보며 나에게 화가 많이 나 있음을 알 수 있었다.

"환자 분, 죄송합니다. 하시고 싶은 말씀을 적어 주시면 안 될까요?"

목소리가 나오지 않는 환자들이 하고 싶은 말을 적을 수 있는 화이트보드가 있었지만, 그 환자는 기관지 튜브로 거친 바람을 내쉬며 끝내 대화를 거절했다. 그러고선 급기야 내가 들고 있던 카테터를 낚아채더니 스스로 석션을 하기 시작했다. 그리고 얼른 나가라는 제스처를 취했다. 당황한 나는 죄송하다는 말과 함께 그대로 병실을 나왔고, 근무 내내 환자의 화가 풀어지길 바라며 간호에 힘썼다.

다음 날, 출근하는 나를 과장님께서 부르셨다.

"리연이 너 2호실 환자랑 무슨 일 있었니? 어제 컴플레인 들어왔어."

"네? 누가요?"

잠시 어리둥절했지만 이내 짐작이 갔다. 그 환자였다. 불편한 사항이 있으면 나에게 바로 말해 주었다면 좋으련만, 내가 병동에 머무는 시간 동안 한마디도 안 하다가 퇴근하자마자 내가 너무 불친절하다며 환자의 가족들이 과장님께 직접 항의했다고 했다. 억울한 마음과 함께 속상했다. 한편으로는 아픈 환자는 얼마나 더 힘들겠나 하는 생각이 들었다. 근무를 시작하고 그 환자의 간호 차례가 왔다. 나는 바로 말을 건넸다.

"환자 분, 과장님께 이야기 전해 들었어요. 제가 잘못한 부분이 있었다면 정말 죄송합니다. 하지만 제 의도는 그게 아니었어요. 앞으로 제가 실수하는 것 있으면 알려 주세요. 언짢게 하는 일 없이 최대한 편안히 치료받으시다가 퇴원하실 수 있도록 노력하겠습니다."

환자는 당황해하더니 나를 힐끔 보고는 고개를 돌렸다. 그날도 특별히 마음을 쓰며 간호했지만, 나는 그게 대재앙의 시작임을 몰랐다.

다음 날 과장님께서 또 호출을 하셨다. 내가 화가 나서 환자에게 왜 컴플레인을 했는지 따졌다고 들었다 하셨다.

"죄송합니다, 과장님. 환자 분께도 과장님께도 죄송한 마음에 바로잡고 싶어서 그랬는데 일이 이렇게 될 줄 몰랐어요. 제 행동이 경솔했던 것 같습니다."

너의 의도는 알겠으나 다시는 그러지 말라는 말을 들으며 과장님 방을 나왔다. '됐다. 너는 답이 없다' 하는 과장님의 표정이 나를 더 속상하게 했다. 왜 이렇게 일이 꼬이는지 알 수 없었다.

지금은 환자를 대하는 데 능숙하지만, 신규 간호사 시절에는 환자를 응대하는 일이 정말 어려웠다. 문제없이 간호한 것 같은데 어쩔 때는 내가 의도했던 바와 전혀 다르게 흘러가 생

잘하고 싶은 마음은 굴뚝같은데

마음과는 달리 일이 안 풀릴 때마다

나 자신을 탓하곤 했다.

각지도 못한 문제가 발생하기도 했다. 내가 아무리 노력해도 바꿀 수 없는 상황이 생기곤 하는데, 그럴 때는 혼자 끙끙대며 해결하려고 하지 말고 선배나 과장님께 도움을 요청하거나 혹은 가만히 놔두는 것도 방법이라는 걸 경력이 쌓이며 알게 됐다. 억울한 마음에 상황을 고치려다가 오히려 오해를 살 수 있으니 조심할 필요도 있다는 것.

아, 환자들의 컴플레인까지 완벽하게 조율할 수 있는 간호사로 성장하기까지는 참으로 힘들구나!

우리 아기 언제 수술해요?

간호사는 환자를 간호하지만, 때로는 보호자 역시 간호의 대상이 되곤 한다. 환자를 간호하기도 힘든데 보호자까지 응대하다 보면 정신없는 상황 속에서 녹초가 되는 일이 정말 많다. 특히 이비인후과 병동에는 아기 환자들이 많은데, 나이가 어리기 때문에 보호자들이 여러 명씩 같이 오는 경우가 있어 더욱 신경 쓸 일이 많았다.

그날도 한 아기 환자와 가족들이 같이 내원했다. 다음 날 편도 수술이 예정된 환자였는데, 환경이 바뀌어서 그런지 많이 예민해져 있었다. 주사를 놓는 데도 여러 명의 의료진이 달라

붙어 아기의 손발을 모두 잡고서야 마칠 수 있었고, 식사도 거부해 밥을 먹이는 데도 애를 먹었다.

다음 날, 아기 환자는 아침부터 배가 고프다며 떼를 쓰기 시작했다. 수술을 앞두고 물도 먹을 수 없는지라 더욱 힘들어했다. 환자를 배려해 수술 순서를 두 번째로 조정했지만, 어쩐 일인지 첫 번째 환자의 수술이 계속 지연됐다. 아기 환자는 울음을 멈추지 않았고, 환자의 울음소리에 다른 환자들까지 힘들어하는 상황이 닥쳤다. 어르고 달래던 가족들도 한계에 다다른 듯 보였다.

"환자 분, 보호자 분, 많이 힘드시죠. 앞 수술이 계속 지연되고 있어서요. 정말 죄송합니다."

"아니, 애가 이렇게 우는데 무슨 조치를 해 줘야 할 거 아니야? 다른 수술이 지연되든지 말든지 상관없고, 빨리 다른 수술방이라도 열라고!"

고함을 지르던 보호자는 급기야 간호사 스테이션 바닥에 드러누웠다. 생전 처음 겪는 상황에 당황한 나는 다른 간호사들과 함께 보호자를 일으키려 했지만 역부족이었고, 결국 보안 경비까지 호출되어 병동으로 왔다. 수간호사 선생님까지 동원해 환자와 보호자를 진정시켰지만 아기 환자가 수술실에 들어갈 때까지 소동은 계속됐다.

수술 지연이라는 어쩔 수 없는 상황과, 이해가 가면서도 수

습하기 어려웠던 보호자의 컴플레인. 신규 간호사일 때라 경험이 부족해 이런 상황을 유연하게 처리하기가 너무 힘들었다. 이날의 일은 지금까지도 내게 가장 당황스러운 경험으로 남아 있다.

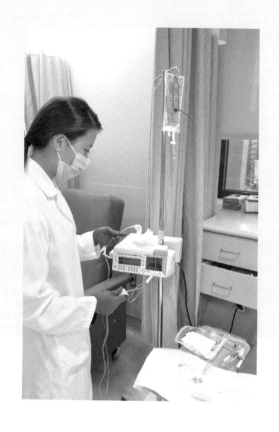

어떤 부분이 불편한지

환자의 입장에서 마음을 먼저 헤아리는 것.

많은 환자들을 간호하며 경험이 쌓인 지금은

환자들의 컴플레인에도 유연하게 대처하게 됐다.

24시간이 모자라, 신규 생활

나는야 천재 신규 간호사?

한창 신규 간호사 오리엔테이션을 받느라 고단한 날들이 지속
되고 있었다. 교육 기간은 짧았지만 전날 배운 내용에 대한 복
습을 할 새도 없이 진도는 미친 듯이 나갔고, 어마어마한 교육
량에 이미 뇌는 과부하 상태였다. 하지만 병원 교육은 '어떻게
하면 주어진 짧은 시간 안에 광범위한 내용들을 다 전달할까'
에 초점이 맞춰져 있었다.

교육이 끝나고 드디어 실전에 들어간 때였다. 이해가 안 되
는 게 있으면 바로바로 물어보고 꼼꼼하게 체크해 넘어가는
것이 성격이기도 하고, 또 그게 환자에게도 더욱 안전하다고
생각해 모르는 게 있을 때마다 선배들에게 질문했다.

"선배님, 이 부분이 잘 생각이 안 나는데 이렇게 하는 거 맞
나요?"

"김리연 선생님, 공부하는 거 맞아?"

그럴 때마다 선배들은 마치 큰 실수라도 한 것처럼 나를 쏘아보며 핀잔했다. '내가 친히 가르쳐 주니 이번에 물어보고 또 물어보면 정말 가만두지 않을 거야'라는 듯한 태도. 열심히 배우려는 자세는 중요하지 않고 무조건 잘해야 하는 것만이 답이었다. 한 번이라도 직접 해 봤다면 또 모를까 이론 교육만 듣고 실제 상황에서 완벽하게 해내기는 쉽지 않았다. 이는 비단 나뿐만 아니라 모든 신규 간호사들이 겪는 어려움 중 하나가 아닐까?

그러던 어느 날, 프리셉터 선생님 중 한 분이 나를 불러 다짜고짜 따지기 시작했다.

"내가 가르쳐 줬을 때 다 이해한다고 했잖아, 네가. 그럼 이제까지 이해 못했다는 말이야? 나는 또 천재가 들어온 줄 알았네. 그럼 왜 그때 알겠다고 얘기했는데?"

선생님은 한참을 따지더니 내 얘기는 들을 필요도 없다는 듯 돌아섰다. 물론 프리셉터 선생님들의 입장에서 생각해 보면 그 많은 내용을 신규 간호사에게 단시간에 교육하는 일이 여간 힘든 게 아닐 것이다. 뿐만 아니라 정상 근무를 하며 교육을 이어가야 하기 때문에 신규 간호사 교육은 말 그대로 혹 하나 더 붙는 격이기도 하다. 그렇다고 교육 기간에 환자를 적게 볼 수 있는 것도 아니었다.

교육 기간은 짧고, 배워야 할 내용은 많고….

해도 해도 끝이 없는 게 공부라지만

불안과 조바심까지 더해져

할 수만 있다면 교육을 피하고 싶었다.

첫 번째

꿈.

하지만 그렇게 혼나더라도 끝까지 물어봐야만 환자를 안전하게 간호할 수 있기 때문에 신규 간호사는 어쩔 수 없이 계속 물어봐야 하는 입장에 있고, 그러다 보니 계속 혼나는 상황이 반복될 수밖에 없다. 신규 간호사를 '언제 터질지 모르는 폭탄'이 아니라 '병동에 도움이 되는 인력'으로 여기는 분위기가 형성된다면 상황은 달라질까. 할 수만 있다면 피하고 싶은 것이 신규 간호사 교육이 아닐까 싶다.

신규에게도 자존심이 있다

태움의 90%가 인계 시간에 이뤄진다. 이제 일을 막 시작한 생신규에게도 '마지막 자존심'이 있는데 바로 환자와 의료진 앞에서 혼나지 않는 것, 환자들에게 간호사로 인정받는 것 그리고 프리셉터 선생님 앞에서 혼나지 않는 것이다.

일을 시작하게 되면 신규 간호사는 프리셉티(Preceptee)가 되고, 그런 신규 간호사를 가르쳐 줄 경력직 간호사 프리셉터 두 명이 배정된다. 일정 기간 교육을 받으며 병동에 대해 그리고 간호 기술과 지식을 익히게 되는데, 프리셉터들은 신규 간호사를 키운다고들 해 병동의 엄마나 다름없는 역할을 한다. 그래서 신규 간호사는 프리셉터 선생님 앞에서만큼은 다른 사람에게 혼나지 않으려고 한다. 나 역시 어떤 일이 있더라도 나를 담당하는 프리셉터 선생님 앞에서 다른 간호사 선생님께 혼나는 모습을 보이고 싶지 않았다.

그날은 프리셉터 선생님과 함께 일하는, 한 달에 몇 번 있을까 말까 한 행운의 날이었다. 마치 든든한 지원군과 함께 전쟁터를 나가는 것과 흡사했다. 내가 인계를 해 줘야 할 선배 간호사가 말 그대로 '호랑이' 선생님이라 출근 때부터 바짝 긴장해 있었지만, 프리셉터 선생님께서 틈날 때마다 나를 챙겨 주시며 '모르는 거 있으면 재빨리 물어봐라' 하는 신호를 주셔서 한결 편안해진 터였다.

"리연아, 인계 준비 잘했어? 뭐 빠뜨린 건 없고? 내가 도와줄까?"

프리셉터 선생님께서는 베테랑답게 자신의 일을 일찌감치 끝내고 내가 또 활활 탈까 걱정하며 나의 업무를 꼼꼼하게 확인해 주셨다. 선생님 덕분에 그렇게 순탄하게 근무가 끝나 가고 있었다.

만반의 준비를 마친 나는 차팅(Charting, 환자의 특이사항이나 투여한 약물 등을 기록으로 남기는 일)까지 마무리하고 확인을 받은 뒤 대기하고 있었다. 그때, 멀리서 걸어오는 선배의 모습이 보였다. '오늘은 프리셉터 선생님께 자랑스러운 모습을 보여

첫 번째
꿈.

야지' 하며 잘해야겠다는 다짐도 잠시, 선배의 표정이 매우 어두운 게 눈에 들어왔다. 왜 슬픈 예감은 틀린 적이 없는지. 인계 시간 내내 이렇게 한 이유가 뭐냐는 둥 전문용어와 영어까지 섞인 생각지도 못한 질문이 쑥쑥 쏟아졌다. 사실, 꼬투리를 잡으려고 눈에 불만 켜면 구멍이 보이는 게 신규 간호사의 일이었다. 하지만 주어진 일을 빈틈없이 해내는 신규 간호사가 세상에 어디 있겠는가?

분명 제대로 한 것 같은데 왜 이렇게 잘못한 게 많은지 이해할 수 없었다. 프리셉터 선생님 앞에서 혼난 것과, 일을 열심히 했는데도 인정받지 못한 설움이 합쳐져 눈물이 왈칵 나올 것 같았다. 하지만 절대 나를 혼내는 선배 앞에서 울고 싶지 않았다. 입술을 꼭 깨물고 울음을 참았다.

"무슨 일이에요? 오늘 리연이 근무 잘했는데…."

내가 혼나는 소리를 들으셨는지 프리셉터 선생님께서 오셔서 선배와 얘기를 나누시더니 다시 잘 가르치겠다고 말을 하시곤 나를 혼내며 탈의실로 데려가셨다.

"리연아, 왜 이렇게 혼나니? 언니 속상하다."

프리셉터 선생님께 더 혼이 날 줄 알았는데, 선생님께서는 내 등을 토닥이시며 나를 위로해 주셨다. 내가 선배에게 더 혼나기 전에 나를 데려오신 거였다. 너무 속상했지만 나를 다독여 주시는 프리셉터 선생님 덕분에 마음을 다잡을 수 있었다. 앞으로는 프리셉터 선생님 앞에서 혼나는 일 없도록 더욱 열심히 잘해야겠다고 다짐했다.

걸어 다니는 종합병원

한국 간호사들은 열악한 환경 속에서 근무하고 있다. 대형 병원이든, 지방의 작은 병원이든 대부분 인력이 부족해 이런 어려움을 겪고 있다.

신규 간호사 시절, 한번은 감기 몸살이 심하게 걸렸던 적이 있다. 하지만 병가를 내는 건 신규 간호사로서 상상할 수 없는 일이었다. 나는 아프다는 말도 못한 채 어쩔 수 없이 쓰러질 것 같은 몸을 이끌고 출근해 나이트 근무를 해야 했다. 비단 나만 그런 게 아니라 다른 간호사들 역시 몸이 아파도 쉬지 못하고 근무를 하는 게 당연한 일이었다. 근무량도 엄청나서 압박 스타킹을 신지 않은 날엔 다리가 퉁퉁 부어올라 통증 때문에 잠을 이루기 힘든 경우도 많았다. 밥 먹을 시간, 물 한 모금 여유롭게 마실 시간도 부족하고 심지어 생리대를 갈 시간도 없어 실수를 하는 경우도 종종 봤다. 또한 정해진 근무 시간은 8시

첫 번째

꿈.

간이었지만, 그렇다고 정확히 8시간만 근무하는 간호사는 없었다. 오버 타임 근무는 필수였지만 그렇다고 수당이 나오는 것도 아니었다.

고된 근무, 거기서 비롯한 불규칙한 식습관으로 인한 위장병, 하지 정맥류, 신장 결석, 만성 피로, 우울증, 불면증…. 간호사는 그야말로 병원에서 일하는 걸어 다니는 종합병원 신세라 해도 과언이 아니다.

이 밖에도 사생활을 침해하는 암묵적인 원칙들도 있다. 바로 임신 순번제와 퇴사 순번제. 선배들이 먼저 임신을 해 출산 휴가를 가고, 퇴사 역시 순번을 정해서 할 수 있는 것이다. 간호사 인력 부족의 문제를 예방하기 위한 제도 아닌 제도. 이는 태움의 또 다른 형태일뿐더러 개인의 사생활까지 침해하겠다는 의도가 다분히 드러나는, 한국 간호사 인권의 현실을 그대로 보여 주는 문화라 할 수 있다.

간호법이 제정된다면 이 모든 문제들이 조금이나마 개선되지 않을까 기대를 해 본다. 현재 간호법은 의료법 안에 속해 있는데 이것 자체가 이상하다. 명백히 다른 의료인인데 간호학이 의사들의 법 안에 송두리째 들어가 있는 것이다. 실체는 있지만 그들을 위한 법은 없는 위험한 둘레 속에서 일하고 있는 게 한국 간호사들의 현실이다. 간호법 제정이 계속해서 수면

위로 떠오르면서도 왜 지금까지 제정되지 못하고 가라앉는지
이해할 수 없지만, 이 문제가 해결되지 않는다면 간호계는 절
대 발전하지 못할 것이다. 법은 없고 국민만 있는 나라가 잘 돌
아갈 턱이 없는 것과 다름없으니 말이다.

간호법이 제정된다면

현재 간호계가 처한 많은 문제의 개선은 물론,

간호사들이 지금보다 훨씬 더 나은 환경에서

자신의 일을 즐기며 일할 수 있지 않을까.

더 나은 간호 환경을 위해

한국보다 훨씬 더 근무 체계가 잘 잡혀 있고 효율적으로 돌아
가는 미국 병원. 그렇다면 미국 간호사들은 과연 어떤 방식으
로 근무를 하고 있을까? 간호사로서 한국에서 5년, 미국에서
6년간 쌓은 경험을 바탕으로 한국 간호사들이 조금이나마 나
은 환경에서 일할 수 있는 대안을 생각해 봤다.

● 간호법 제정

간호법 제정은 많은 간호사들이 목소리를 높이고 힘을 쏟고
있을 만큼 아주 중요한 화두다. 앞에서 말했듯 현재 의료계의
많은 문제들이 간호법이 제정된다면 조금이나마 개선되지
않을까 생각한다. 국민의 건강증진과 환자 안전 확보, 체계적
이고 단단한 간호 조직 형성은 물론 근무 환경 및 처우 개선
과 간호사들의 인권 보호 및 향상까지. 많은 부분들이 지금보
다 훨씬 나아질 것이다.

● 간호사와 간호조무사의 명확한 구분

한국의 경우 간호사와 간호조무사의 역할 및 업무 분장이 명
확하지 않아 간호조무사가 자격 이상의 간호 및 의료 행위를
하기도 한다. 하지만 미국은 이 경계가 확실하다. 간호조무사

는 법적으로 간호사의 일을 하지 않게 되어 있고, 간호사와 같이 일하는 경우라도 권한 위임을 받음으로써 일부 간호 행위만을 할 수 있을 뿐, 간호사가 하는 일을 모두 수행할 수는 없다. 이 또한 간호법이 제정된다면 해결될 문제라고 생각한다.

● 근무 형태 다양화

한국 간호사는 보통 3교대(데이, 이브닝, 나이트)로 근무한다. 하지만 미국의 경우 데이, 이브닝, 나이트 근무 중 선택해서 입사할 수 있다. 또한 파트타임 간호사나 인력이 부족할 때 와서 일하는 '퍼 디엠 너스(Per diem Nurse)' 제도도 잘 마련되어 있다. 태움을 비롯한 의료계의 많은 문제들이 인력 부족에서 발생하는 걸 생각했을 때, 한국도 미국처럼 근무 형태가 다양화될 필요가 있다.

● 초과 근무 수당 인정

간호사들의 초과 근무는 비일비재하다. 미국의 경우 15분 단위로 초과 근무 수당을 준다. 근무를 하는데 돈은 주지 않는다? 말도 안 되는 일이다.

● 병원 물품 누락 관리 매뉴얼 마련

병원 의료 물품이 부족하거나 없어졌을 때 간호사들의 사비로 충당한다는 병원 얘기를 들은 적 이 있다. 병원 물품이 누락되는 건 병 원에서 재정적으로 책임져야 할 일이다. 이 밖에도 사무용품 등 병원 내에서 필요한 것이라면 병원 자체 적으로 지원되어야 한다. 일부 병원은 이미 시행 중에 있다.

● 간호부 힘 기르기

간호부 자체가 힘이 있어야 한다. 병원 주요 경영진의 의사/ 간호사 비율이 비등해야 공정한 처사가 가능할 텐데, 한국의 경우 의사의 비율이 높은 데다 제대로 된 간호법이 없어 간호 부가 크게 힘을 쓰지 못하는 게 현실이다. 간호부도 진료부와 동등하게 힘을 키우고 인정받아야 한다.

● 환자 수 조정

현재 한국은 간호사 한 명이 터무니없이 많은 수의 환자를 담 당하고 있다. 환자의 중증도에 맞춰 인력 조정은 물론 간호사 1인당 환자 수 조정이 반드시 이뤄져야 할 필요가 있다.

● 교육 시간의 근무 시간 인정

미국에서는 업무와 관련된 교육을 업무의 연장으로 간주해 근무 시간으로 인정해 준다. 예를 들어 심폐소생술 자격증을 갱신해야 하는 날이라면 근무를 하다가 교육을 받으러 가도 근무 시간에 상관없이 페이를 받는다. 뿐만 아니라 자격증에 필요한 비용은 병원에서 100% 부담한다.

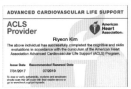

간호사가 동네북인가요?

내가 의산데 감히 네가 의견을 내?

태움은 간호사 사이에만 존재하는 게 아니다. 의사와 간호사 사이에서도 태움은 일어난다. SA(Surgical Assistant, 수술실 보조 간호사)로 일할 때의 일이었다. 수술실도 병동 못지않게 아주 바쁘게 돌아가는 곳이다. 특히 집도의의 스케줄이 꼬이지 않도록 수술 환자들의 시간을 잘 분배해 수술실이 원활하게 돌아가게 하는 게 아주 중요했다.

어느 날, 한 집도의의 수술이 본관과 암 센터에서 동시에 잡혔다. 응급 수술이 지연되며 수술실 상황이 꼬였고, 어떻게 하면 시간 낭비 없이 이 상황을 처리할 수 있을지 긴급 회의를 하게 됐다. SA는 간호사보다 의사들과 더 일을 많이 하기 때문에 같이 의견을 나누는 경우가 많아 나 역시도 대화에 함께했다.

"어떻게 하지? 지금 이대로라면 다음 환자가 딜레이 될 텐데. 방법이 없을까?"

나와 치프(Chief, 레지던트 4년차) 의사, 레지던트 1년차, 2년차, 3년차 그리고 인턴이 모여 머리를 싸맸지만 선뜻 입을 여는 사람이 없었다. 그때 내가 의견을 냈다.

"이 환자를 먼저 여기로 내리고, 암 센터 환자를 이때 내리면 어떨까요? 그럼 최대한 시간을 절약할 수 있을 것 같아요."

"그러게요. 그러면 되겠네요."

3년차 레지던트가 맞장구치며 나를 쳐다봤다. 순간 분위기가 싸해지며 정적이 감돌았다. 치프가 몇 초간 말없이 어이없다는 눈빛으로 나를 쳐다봤다. 마치 내가 크게 잘못한 것 같은 상황이었다. '어디 의사들이 얘기하는데 SA가 끼어들어서 의견을 내냐'는 듯한 분위기를 그 자리에 있던 모든 사람들이 느끼고 있었다. 치프 반응에 모두들 당황했지만 지체할 시간이 없었던 터라 다른 의사가 어색한 침묵을 깨고 치프에게 말을 걸었다.

"선생님, 그럼 어떻게 할까요?"

치프는 나를 노려보던 눈을 다른 레지던트에게 돌리더니 자기가 하라는 대로 따라오라는 말과 함께 가 버렸고, 그 말과 동시에 모두 뿔뿔이 흩어졌다.

이런 게 의사들과 일하며 겪게 되는 불편한 상황 중 하나였다. 뭔가 찜찜하고 기분 나쁜, 껴서는 안 될 곳에 껴 있는 듯한

'어디 의사들이 얘기하는데 끼어드냐'는 분위기를 느낄 때마다

괜한 자격지심이 피어올랐다.

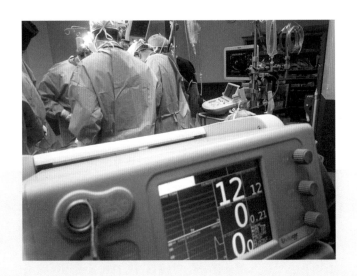

느낌. 밑도 끝도 없는 자격지심 같은 게 피어오르는 상황들. 가끔 이런 일을 마주할 때면 '나도 공부 더 해서 의사 할까?'라는 생각이 차오르곤 했다.

SA는 서글픕니다

싸늘하고 적막한 수술실에서도 여러 가지 일이 일어난다. 수술실의 분위기는 주로 집도의의 성격을 반영하는데, 성격 좋은 집도의의 경우 편안하고 안락한 분위기에서 수술이 효율적으로 이뤄지는 반면 성격 까다로운 집도의의 경우 모든 의료진이 바짝 긴장하거나 스트레스를 받는다. 나 역시 수술 환자에 대해 자세히 설명해 주고, 수술 과정에 대해 함께 의견을 나누는 집도의를 선호했다.

하지만 항상 좋은 일만 일어나진 않는 법. 나는 SA로 일하면서 내시경을 이용한 수술에 많이 참여했는데, 작은 카메라를 떨림 없이 조정하기란 정말 어려운 일이었다. 조금만 흔들려도 화면 전체가 흔들리고, 행여나 시야가 잘못되면 중요한 신경까지 건드릴 수도 있기에 굉장히 위험 부담이 컸다. 그런데다 집도의 성격이 괴팍할 경우 진이 다 빠질 정도로 힘들었다.

수술방의 분위기는 주로 집도의의 성격을 반영하기 때문에

나 역시 환자에 대해 자세히 설명해 주고,

수술 과정에 대해 함께 의견을 나누는 집도의를 선호했다.

첫 번째

꿈.

"야! 제대로 들어!"

"어제 술 마셨어? 왜 이렇게 흔들려?"

"똑바로 안 하냐?"

이런 말은 기본, 웃기지도 않은 농담에 웃어 주는 일까지. 어떨 때는 나라는 존재가 그저 막 쓰고 버리는 소모품처럼 느껴져 자괴감마저 들 때도 있었다. 그럴 때마다 이 모든 게 원활한 수술을 위한 거다, 이런 게 사회생활이다, 경력을 위해서 조금만 버티자…. 마음속으로 외치며 참고 또 참았다.

또, 나보다 훨씬 어린 간호사들에게 무시를 당하기도 했다. 나는 정규직 신규 간호사로 일하다 퇴사 후 다시 SA로 들어온 경우였는데, SA가 무슨 선배냐 하며 인사는커녕 아는 척도 안 하고 무시하는 간호사도 있었다. 그래, 좋다 이거야. 내가 선배 대접받으려고 재입사한 건 아니니까. 하지만 서로 인사도 못 나눌 정도로 SA란 존재가 거슬렸던 걸까. SA로 일하면서 이런 상황에 지칠 때가 많았다.

간호사가 아니었어도 그랬을까?

이브닝 근무로 한창 바쁠 때였다. 환자의 수술 가능 여부를 확인하기 위해 피 검사 결과를 기다리고 있었다. 검사 결과에 이상이 있으면 그다음 날 수술이 불가능했기 때문이다. 그런데 그날따라 우리 병동뿐만 아니라 병원 자체에 환자가 많아서였는지 검사 결과가 도통 나오질 않았다. 더군다나 환자는 수술을 앞두고 몸에 좋다는 정체불명의 한약을 다량 섭취해 간 수치가 매우 걱정되는 상황이었다. 어쩌면 수술을 취소해야 하는 결과가 나올 수도 있어서 다급한 마음에 병리과에 전화를 걸었다.

"선생님, 이비인후과 병동 김리연 간호사입니다. 피 검사 결과가 하나도 안 나와서 그런데요. 혹시 제 환자 중에 결과 나온 사람 있을까요?"

"지금 순서대로 하고 있으니까 전산으로 확인하면 되지."

"아…. 알겠습니다."

앳된 목소리와 어리숙한 톤 때문이었는지 대뜸 반말로 답변이 돌아왔다. 하지만 자정이 넘어가도록 검사 결과가 나오지 않았다. 이런 적은 없었기에 의아했다. 준비가 다 되어 있어야 인계를 할 때 선배에게 혼이 나지 않기 때문에 마음이 불안해졌다. 같이 일하고 있던 간호사 선배가 말을 걸었다.

"리연아, 너네도 검사 결과 안 나왔지? 우리도 하나도 안 나오네."

"지금 전화 걸어 보려고 했어요. 선생님 환자도 제가 물어볼

첫 번째

꿈.

게요."

조급한 마음에 다시 병리과에 전화를 걸어 재촉했다.

"선생님, 바쁘신데 죄송하지만 저희 검사 결과 알 수 있을까요?"

"아까도 전화하지 않았나? 순서대로 하고 있다고 했잖아."

"저희도 업무 처리 과정이라는 게 있는데, 이렇게 지체되면 진도가 안 나가서요. 몇 시쯤 나올까요? 부탁드릴게요."

"우리도 바쁜데 왜 이렇게 보채?"

"보챈다고요? 선생님, 말씀이 좀 심하시네요."

"뭐라고? 야! 너 다시 얘기해 봐! 새파랗게 어린 게! 너 지금 뭐라 그랬어? 내가 당장 올라가? $#@^%@^%$#"

내 말을 듣던 선생님이 갑자기 고래고래 소리를 지르기 시작했다. 반말은 물론 욕설까지 하는 선생님과 더 이상 대화가 불가능하다고 생각해 그냥 수화기를 내렸다. 더군다나 너무 바빠서 그런 상황을 다 받아 줄 여유조차 없었다. 업무를 하다 보면 부서 간 마찰이 있을 수도 있다. 하지만 서로 이해하고 상황을 잘 설명한다면 오해를 없앨 수 있지 않을까? 내가 신규 간호사가 아니었어도, 간호사가 아닌 의사였어도 나한테 이렇게까지 반응했을까 싶어 마음이 쓸쓸했다.

너 누구야? 당장 나가!

병원을 옮겨 잠깐 외래 근무를 한 적이 있었다. 외래 근무는 전
문적인 간호 기술보다는 의사들이 원활하게 진료를 할 수 있
도록 환자를 조정하는 역할이 더 컸다. 의사와 일대일로 일하
게 되는 확률이 많아서 성격 좋은 의사를 만나면 근무가 원만
하지만, 그렇지 않을 경우 마음고생이 말이 아닌 경우도 허다
했다.

　내가 만난 의사는 후자에 속했다. 간호사와 조무사들이 유
난히 들어가기 싫어하는 진료실이 있었는데, 어쩌다 보니 새
로 온 내가 그 방에 들어가게 됐다. 이상하게도 간호적인 부분
보다는 의사가 어떤 음료를 좋아하는지 등 의사의 기호를 챙
기는 게 근무의 시작이었다. 이해할 수 없었지만 시키는 대로
해야 했기에 설명을 들은 대로 의사의 성향에 맞춰 컴퓨터와
음료를 세팅하고 진료실에서 대기하고 있었다. 이윽고 악명이
자자한 의사가 들어왔다. 인사를 하는 나를 힐끔 보더니 자리
에 앉아 찡그린 인상으로 말을 했다.

　"너 누구야?"

　"새로 온 간호사입니다."

　"원래 여기 있던 애 어디 갔어? 너 나가."

　"네? 저 오늘 처음 왔는데 왜 이러…"

첫 번째

꿈.

"나가라고 했지? 안 나가?"

그러고는 대뜸 누구냐고 묻더니 갑자기 소리를 지르며 컴퓨터 마우스를 던지는 게 아닌가? 간호사로 일하며 별별 사람을 다 겪어 봤지만 이런 경우는 처음이었다. 마음속으로는 '뭐 이런 사람이 다 있어?' 하며 욕을 했지만, 1초라도 더 머물면 무슨 일이 일어날지 몰라 재빨리 방을 나왔다. 그리고 선임에게 보고했다.

"원래 저래. 네가 이해해."

선임으로서 이런 상황을 겪은 후배 간호사에게 하는 말이 고작 이것뿐이라니. 아무 잘못도 없는 내가 이해해야 한다고? 너무 어이가 없었다.

"저런 의사는 환자를 간호할 자격이 없어요. 어떤 일이 있더라도 저 사람한테 사과 받아 낼 거예요."

나도 한 똘끼 한다고, 끝까지 가 보자는 생각이 들었다. 내가 당한 걸 도저히 그냥 넘어갈 수 없었다. 처음 보는 사람에게 반말과 욕설, 그리고 폭력까지. 저런 의사가 환자를 진료한다니 믿을 수가 없었다. 들리는 소문으로는 수술실에서는 더 심하다고 했다. 나는 이 상황을 간호부에 보고했고, 결국 그 의사에게 직접적으로는 아니지만 간호부를 통해 공식적인 사과를 들을 수 있었다. 하지만 다시는 그 진료실에 들어가지 않았다. 다른 간호사들은 이런 대우를 어떻게 참았을까. 비슷한 일이 수

다른 간호사들은 이런 대우를

어떻게 참았을까.

비슷한 일이 수차례 있었는데도

마땅한 해결책을 마련하지 않은 병원이

이해가 가지 않았다.

차례 있었는데도 마땅한 해결책을 마련하지 않은 병원이 이해가 가지 않았다.

　이런 안타까운 경험이나 혹은 이보다 더한 일을 겪은 간호사들도 분명 있을 것이다. 세상에는 불합리한 일들이 정말 많이 일어난다. 그런 일들을 직접 겪었다면 이를 공론화해 다시는 그런 일이 생기지 않도록 하는 것도 하나의 방법이다. 비록, 드러내기 힘들고 아픈 경험이라도 어디선가 비슷한 고통을 겪고 있을 간호사들의 처우 개선에 도움이 될 수 있다면 꼭 용기를 내 주길 간절한 마음으로 바라 본다.

어느덧 2년차 간호사

엄마, 미안해

입사 후 첫 1년은 거의 매일 울면서 잠이 들었다. 내가 생활했던 병원 근처 기숙사 방은 암막 커튼 때문에 햇빛이 전혀 들어오지 않는데 그래서인지 가끔씩 우울함이 극에 달하곤 했다. 특히 밤낮이 바뀌는 나이트 근무 후엔 마음이 더욱 어지러웠다. 결근 한 번 한 적 없이 착실하게 병원 생활을 했지만 마음은 너무 괴롭고 외로웠다. 기숙사가 3층이었는데, 너무 출근하기 싫은 날엔 '여기서 뛰어내려서 다리라도 부러지면 출근 안 해도 되겠지?' 하는 말도 안 되는 생각까지 한 적도 있다.

허한 마음 탓에 툭 하면 친구들에게 전화를 했다. 이곳에서 벗어나는 기분을 느낄 수 있게 해 주는 사람을 찾아 이야기하고 또 이야기했다. 친구들은 밝은 성격인 내가 이렇게 죽는 소리를 많이 하는 걸 보니 정말 병원 일이 힘든가 보다 하며 내 이야기를 들어줬다. 그렇게 친구들에게서 위로를 받으며 그야말로 '연명'할 수 있었다.

　지금 생각하면 정말 철딱서니 없지만, 힘들 때마다 부모님께도 전화를 했다. 출근해야 하는데 발길이 떨어지지 않는 날이면 새벽부터 전화해 출근하기 싫다며 울며불며 하소연했다. 나이트 근무가 끝나고 새벽에도 전화하곤 했는데, 엄마는 그런 나의 전화를 언제나 꿋꿋하게 받아 주셨다.

　너무 힘들어하는 내가 걱정이 됐는지 어느 날은 엄마가 나를 보러 서울로 올라오셨다. 너무나 당연해 소중함을 몰랐지만, 집 떠나 고생을 해 보니 '엄마'의 존재감이 세상에서 제일 컸다. 그동안 엄마를 걱정시키고 괴롭혔다는 죄책감에 아무렇지 않은 척, 애써 밝은 척을 했다. 밝고 씩씩한 모습을 보여야 할 것 같아 엄마를 만난 순간부터 헤어질 때까지 시도 때도 없이 조잘거렸다.

　"선배들도 그렇게 나쁘진 않아. 내가 아직 서툴러서 혼나는 거야. 직장도 아주 좋고…."

　나의 웃는 모습에 엄마도 마음이 놓인 것처럼 보였다. 집에 돌아가실 시간이 되어 지하철까지 바래다 드렸다. 엄마를 꼭 껴안고 마지막 인사를 하는데 갑자기 눈물이 왈칵 쏟아졌다. 그런 나를 보더니 엄마도 같이 엉엉 우셨다. 아, 엄마도 이미 다 알고 계셨구나. 내가 힘들지만 밝은 척하고 있었다는 걸. 지하

항상 내 꿈을 응원해 주시는 엄마.

엄마가 아니었다면

내가 이렇게 어엿한 간호사로 성장할 수 있었을까.

첫 번째

꿈.

철이 떠난 후에도 한참을 그 자리에서 울었다. '나도 엄마랑 같이 가고 싶다. 내가 무슨 부귀영화를 누리려고 이러고 있나. 꼭 성공해서 행복해져야지. 엄마한테 효도해야지' 이런 생각을 반복하면서.

힘이 됐던 기숙사 생활

제주도에서 올라온 나는 병원에서 제공하는 기숙사에서 생활했다. 지금 생각해 보면 기숙사 생활을 통해 많은 도움을 받았다. 선후배들과 함께 생활하며 서로의 일상과 경험을 공유하고 위로를 하고 힘이 되어 주었다. 지방에서 올라와 홀로 외롭게 지냈다면 과연 힘든 병원 생활을 버틸 수 있었을까?

2년차가 되며 새로운 신규 간호사들이 들어오고, 나도 어느덧 선배가 됐다. 한번은 같은 기숙사를 쓰던 후배에게 기숙사에서 만나자며 연락이 왔다. 목소리가 좋지 않아 걱정했는데, 아니나 다를까 근무를 마치고 온 후배는 내 얼굴을 보자마자 엉엉 울기 시작했다. 후배는 병원에서 힘들었던 일, 환자와의 트러블 등 여러 힘든 일을 털어놓았다. 나는 후배를 달래며 이야기했다.

2017년. 힘들어하는 후배들을 위로하고,

간호사로서의 자부심을 북돋아 주고,

간호사의 이미지를 제고하기 위해 '간호사 응원 프로젝트'를 시작했다.

그 첫 번째 일환인 '간호사 관련 상품 만들기'로 탄생한 나이팅 베어.

나의 바람이 전해졌는지 판매하는 족족 품절돼

이제는 구하고 싶어도 구할 수 없는 희귀템이 됐다.

첫 번째

꿈.

"나중에 어떤 간호사가 되고 싶어? 어디서 일하고 싶어? 목표를 갖고 노력하면 원하는 꿈들 다 이룰 수 있을 거야. 나도 너처럼 많이 울었어. 지금도 그렇고. 그치만 힘든 일보다 네가 정말 이루고 싶고 원하는 것에 집중하다 보면 마음이 조금은 나아질 거야."

나 역시 힘든 신규 간호사 생활을 겪어 봤기에 최선을 다해 후배를 위로했다. 그날 이후로 후배는 조금씩 달라지기 시작했다. 그 변화는 먼저 후배의 책상에서 나타났다. 자신의 꿈을 포스트잇에 적어 책상에 붙이기 시작했다. 나중에 가고 싶은 곳, 이루고 싶은 것 등을 적어 사진과 함께 붙여 놓았다. 그러면서 마음이 여렸던 후배가 조금씩 단단해지고, 다시 밝은 모습을 찾아가는 모습을 볼 수 있었다. 그런 후배가 대견하면서도 힘든 병동 생활을 할 걸 생각하니 마음이 쓰였다.

선생님, 도와주세요

힘들어하며 우는 후배들을 볼 때마다 마치 1년 전 신규 간호사 시절의 내 모습을 보는 것 같았다. 태움을 당해 본 사람으로서 그 고통을 누구보다 잘 알고 있었기에 나는 절대로 후배들을 태우고 싶지 않았다. 일뿐만 아니라 대인관계 등 내가 도움을 줄 수 있는 부분에서는 최대한 도움을 주고 싶었다. 말을 편하게 하다 보면 어쩌다 실수를 할 것 같아 후배들에게도 존칭을 했다. 유난스럽다는 소리도 들었지만, 힘들고 나약해진 정신으로 혹여나 후배를 태우진 않을까 걱정돼 애초에 원천적으로 차단하는 나만의 방법이었다.

　　퇴사를 결정하고, 퇴사 소식이 병원에 알려지면서 친한 후배가 내게 하소연을 했다.
　　"선생님 가시면 저는 어떡해요?"
　　"궁금하거나 힘든 일 있으면 언제든지 연락해요. 내가 할 수 있는 건 최대한 도와줄게요."
　　한 명이라도 의지할 수 있는 사람이 있다는 게 얼마나 큰 힘이 되는지 잘 알고 있었기에 괜히 후배에게 미안해졌다. 그래서 퇴사를 하고 나서도 후배들을 자주 만났다. 일이 고돼서, 선배들이 어려워서 어쩌지를 못하는 후배들의 구조 요청이 올 때마다 최선을 다해 위로했다. 퇴사한 내가 해 줄 수 있는 일이란, 후배가 힘내기를 바라는 것뿐이었다.

첫 번째

꿈.

목표만 보고 버틴 2년

나중에는 눈물도 나지 않는다. 2년차가 되면 병원 생활이 조금 나아질 거라 생각했지만 그건 오산이었다. 나는 여전히 신규 간호사 취급을 받으며 활활 탔다. 달라진 점이 있다면 1년차 때는 흘릴 눈물이라도 있었지만 2년차 때는 울 힘도 의지도 없다는 것이었다. 그냥 이런 상황이 어이가 없어 웃음만 나왔다.

더 이상 이곳 병원에 머물렀다가는 내가 가지고 있는 신념, 간호사로서의 사명, 간호사라는 직업에 대한 열정마저도 사그라질 것 같았다. 하지만 그럼에도 버틸 수 있었던 건 미국 간호사가 되는 데 필요한 최소 경력만 채우고 미국으로 떠나겠다는 목표가 확고했기 때문이었다. 달력에 입사 2년째 되는 날을 빨갛게 표시해 놓고 죽기 살기로 버티며 끝까지 2년을 채웠다. 그만두겠다는 그 의지 하나로 버틴 게 2년차 간호사 생활의 솔직한 기억이다.

나는 불평만 하며 참기보다는 악을 쓰고 노력했다. 내가 이루고자 하는 목표가 확고했기에 꿈을 이룬 미래의 내 모습을 생각하며 포기하지 않고 끝까지 버틸 수 있었다. 가끔은 다 내려놓고 싶을 만큼 너무 힘들었지만 '그래, 훗날에 웃자' 하는 심정으로 버텼다. 하지만 간호사로서 수모, 태움, 그 모든 최악의 것들을 겪어 봤기 때문에 결코 지난 간호사 생활을 쉽게 얘기할 수 없다. 나처럼 무조건 버티라고, 내가 버텼듯 당신도 할 수 있다고 가볍게 말할 수도 없다.

하지만 중요한 건, 내가 처한 환경을 바꿀 수 있는 사람은 오직 나 자신뿐이라는 걸 아는 것이다. 나라는 사람에게 더 나은 환경을 만들어 주기 위해 노력하는 것. 그건 나만이 할 수 있는 일이라는 걸 기억한다면 마음을 다잡고 조금은 힘을 낼 수 있지 않을까 생각해 본다.

첫 번째

꿈.

‘목표’를 생각하며 버틸 수 있었던 2년.
언제나 새로운 꿈이
지금의 나를 있게 했다.

새로운 꿈, 항암 간호사

갑작스러운 할아버지의 죽음

여느 날과 마찬가지로 바쁘게 병동을 돌아다니며 근무를 하고
있었다. 갑자기 병동으로 나를 찾는 엄마의 전화가 왔다. 간호
사는 근무 시에 휴대폰을 가지고 다닐 수 없기 때문에 근무 중
인 나와 통화를 하려면 병원 전화를 이용할 수밖에 없었다. 더
군다나 병원 전화는 사적인 용도로 쓸 수 없게 되어 있어 응급
상황에만 개인적으로 쓰기 때문에 갑자기 걸려 온 엄마의 전
화에 불안한 기분이 들었다.

"여보세요? 엄마?"

"리연아, 할아버지가… 방금 돌아가셨어."

뭐라고? 우리 할아버지가 돌아가셨다고? 건강하시던 할아
버지가 갑자기? 너무 뜬금없는 소식에 어안이 벙벙했다. 과장
님과 짧은 면담 후에 대충 짐을 싸서 부산으로 가는 비행기에
올랐다. 너무 갑작스러워 눈물도 나지 않았다. 정신을 차릴 수

첫 번째

꿈.

086

가 없었다. 이게 도대체 무슨 일이지? 우리나라에서 제일 좋은 병원에 취직하겠다며 열을 올리던 터라 몇 년간 할아버지를 뵙지 못했지만, 그렇다고 그렇게 건강하시던 분이 갑자기 돌아가시다니. 그 이유를 도무지 이해할 수 없었다.

불현듯 몇 달 전 휴가차 제주도에 갔을 때 엄마와 나눴던 이야기가 생각났다. 엄마는 할아버지를 뵈러 부산에 한번 다녀오는 게 어떻겠냐고 하셨다. 하지만 일에 치여, 사람에 치여 마음의 여유가 없었던 나는 시간 없다고, 다음 명절 때 휴가 내서 다 같이 만나면 되지 않냐고 대수롭게 넘겼다. 지금 생각해 보니 그때 엄마의 표정이 좋지 않았던 것 같다.

비행기를 탔음에도 부산으로 가는 시간이 어찌나 길던지. 비행기에서 내리자마자 택시를 타고 병원으로 달려갔다. 너무 정신이 없던 나는 모든 짐을 택시에 두고 내렸다는 것도 나중에야 알았다. 그 정도로 할아버지의 갑작스러운 소식에 이성을 잃은 상태였다.

너무 아픈 가족의 배려

마침내 할아버지의 모습을 마주했다. 하얀색 천에 가려져 있어 형체만 겨우 알아볼 수 있었다. 심장이 터질 것처럼 뛰었다.

확인을 하겠냐는 병원 관계자의 말에 고개를 끄덕였고, 천이 걷히고 드러난 할아버지의 모습은 충격적이었다. 우리 할아버지가 아닌 것 같았다. 미라처럼 온몸이 붕대로 감겨 있었고 뼈밖에 없다고 할 만큼 바짝 말라 있었다. 누군지 못 알아볼 만큼 내가 기억하던 할아버지의 모습이 아니었다. 충격에 잠긴 채로 밖으로 나오니 엄마가 기다리고 있었다.

"엄마, 할아버지 왜 저러셔? 내가 없는 사이에 무슨 일이 있었던 거야?"

그제서야 엄마는 자초지종을 털어놓았다. 내가 병원에 입사했을 당시, 할아버지는 위암 중기 판정을 받으셨다고 했다. 하지만 엄마는 매일 울며불며 힘들어하던 내가 더욱 상심할까봐 차마 알리지 못했다고 했다. 가족들뿐만 아니라 심지어 할아버지까지도 내게 그 소식을 몇 년간 숨겨 왔고, 그러는 동안에도 할아버지는 꿋꿋하게 암 투병 생활을 하신 거였다.

돌아가시기 몇 주 전쯤, 평소 나에게 한 번도 전화를 걸지 않던 할아버지께서 직접 전화를 하신 게 생각났다.

"리연아, 이상하게 뭘 먹어도 자꾸 콧물이 나온다."

"할아버지, 감기 걸리셨어요?"

"아니. 그냥 계속 콧물이 나와."

나는 대수롭지 않게 넘기며 약 챙겨 드시고 가까운 병원에 가시라고 말했었다. 이제야 그때 할아버지가 많이 약해져 있

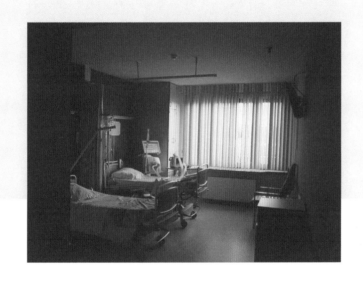

갑작스럽게 닥친 할아버지의 죽음 앞에서

인생이 덧없고 허망하게 느껴졌다.

던 상태라는 게 상기됐다.

할아버지의 장례식이 치러졌다. 인생이 덧없게 느껴졌다. 그렇게 총명하고, 열정적으로 사셨던 할아버지였는데 한순간에 재가 되어 조그마한 도자기 안에 담기다니. 나는 할아버지가 돌아가셨다는 슬픔과, 가족들이 내게 알리지 않았다는 배신감에 싸여 실신할 정도로 울었다. 가족들은 내가 충격에 빠질까 봐 많이 걱정했다. 하지만 그 누구의 탓도 할 수 없었다. 이 모든 게 힘들다고 투정 부렸던 내 어리광 때문이라는 걸 나도 잘 알고 있었기 때문이다.

항암 간호사가 되리라

장례를 치르고, 다시 서울로 올라가 간호사 생활을 했다. 그만두고 싶은 생각이 머리끝까지 차올랐지만 할아버지가 눈에 아른거려 그럴 수 없었다. 할아버지가 돌아가시고 나는 몇 달 동안 우울증에 빠졌다. 친구들도 만나지 않고, 밥도 잘 먹지 않았다. 관심이 생기거나 마음 가는 일도 없었다. 의욕 없이 병원과 기숙사를 왔다 갔다 하며 매일 울기만 했다. 나에게 이야기해 주지 않은 엄마를 원망했고 가족들을 원망했다. 그렇게 사는

첫 번째
꿈.

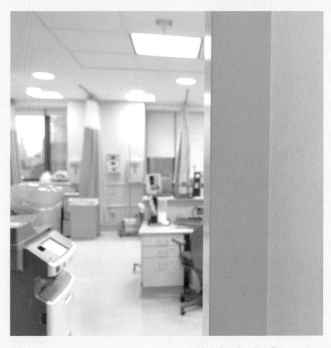

할아버지의 죽음,
그리고 새롭게 자리한
'항암 간호사'라는 꿈.
나는 그렇게 또 한 번의 도약을
준비하기 시작했다.

낙 없이 무의미한 날을 연명해 가고 있었다.

간호사라는 직업을 갖고 있지만 그때까지는 죽음에 대해 민감하게 반응할 여력이 없었다. 그저 너무 바빴고, 힘들었고, 선배들에게 혼날까 봐 눈치를 보느라 환자가 사망해도 슬퍼하지 못했다. 선배가 간호하는 환자 중 한 명이 사망한 날이 있었는데, 간호사로 일하며 처음으로 환자의 죽음을 목격한 것이었는데도 불구하고 그때도 사람이 죽었다는 사실보다는 어떻게 하면 그 선배에게 혼나지 않도록 인계를 준비할까 하는 생각뿐이었다.

하지만 할아버지의 죽음으로 인해 죽음과 생명에 민감해졌다. 암에 대한 관심도 커졌다. 암과 수술, 항암제에 대해 아무것도 모르는 내가 무능하게 느껴졌고, 내가 직접 암 환자들을 간호하며 공부해 보고 싶다는 마음이 생겼다. 그렇게 '항암 간호사'라는 새로운 꿈이 내 안에 자리 잡기 시작했다. 암 치료를 위한 항암제들을 공부하면서 모든 항암제들이 미국에서 오고, 또 먼저 사용해 볼 수 있는 기회가 있다는 걸 알게 됐다. 그러다 보니 미국에서 간호사로 일하고 싶다는 생각이 더욱 확고해졌다.

첫 번째

꿈.

또 하나의 꿈을 위해

미국에 가야겠다는 결심을 하고 뉴욕에 계신 평소 알고 지내던 멘토 선생님께 계속해서 메일을 보내며 도움을 청했다. 선생님께서는 미국에서 간호사가 되고 싶다면 첫째도 영어, 둘째도 영어, 셋째도 영어라고 하시며 영어 공부를 강조하셨다. 다른 건 어떻게든 할 수 있어도 대화가 자연스럽지 않으면 일상생활도 불편하거니와 병원 면접에서도 떨어질 것이니 꼭 영어 공부를 철저하게 하라고 당부하셨다.

선생님의 말씀을 새기며 영어에 대한 어려움이 없도록 영어 공부를 열심히 했다. 병원에서 제공하는 전화 영어회화 프로그램도 이용하고, 외국인을 많이 접할 수 있는 기회를 만들기 위해 노력했다. 외국인 학생들을 위한 통역 봉사나 학원을 다니면서 회화 실력을 늘렸다. 그렇게 병원 생활을 하며 틈틈이 공부해서 결국 미국 간호사 시험에 합격했다. 그러고 나니 너무나도 미국으로 떠나고 싶었다.

할아버지의 죽음은 내게 많은 걸 느끼게 했다. 처음으로 가까운 사람의 죽음을 경험하고 온몸과 온 마음으로 슬픔을 겪으면서 간호사로서도, 한 인간으로서도 더 성숙해진 것 같았다. 지금은 제대로 준비도 되어 있지 않고 경력도 짧지만, 돌아

가신 할아버지를 생각하며 언젠가는 미국에서 암 환자를 간호
하는 간호사가 되리라 마음을 먹었다. 아무리 힘들고 오래 걸
릴지라도 할아버지와 같은 상황에 놓인 환자들을 돌보는 보람
을 느끼고 말겠노라고 다짐했다.

돌아가신 할아버지를 마음에 품고

반드시 암 환자를 돌보는 간호사가 되리라 다짐하며

시험에 합격하기 위해 열심히 공부했다.

그렇게 새로운 꿈에 한 발짝 다가갔다.

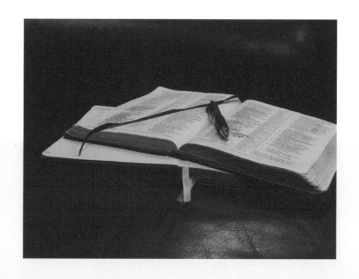

헬퍼는 웁니다

헬퍼의 지옥 근무

퇴사를 결정하고 얼마 후, 일손이 부족한 다른 병동에 헬퍼로 가게 됐다. 일이 손에 익지 않은 전혀 다른 부서에 헬퍼로 간다니 당연히 모든 간호사들이 거부했고, 결국 퇴사를 앞둔 내가 강제로 가게 된 것이다. 입사한 지 2년도 안 된 간호사가 다른 병동에 헬퍼로 갈 수 있다는 게 그저 신기할 뿐이었다.

헬퍼 근무 첫날. 이 병동에 대해 아는 것이 하나도 없었고 내가 자진해서 온 것도 아니었기에 긴장이 많이 됐다. 우리 병동 대표로 온 거나 마찬가지인데 잘하는 모습을 보여 주고 싶은 마음에 열심히 하겠다는 각오를 단단히 다졌다. 그런데 그만두기로 결정하고 헬퍼로 온 거라 내가 곧 퇴사할 거라는 소문이 여기까지 나 있었다.

"그만두고 미국 간호사 할 거라며? 영어 잘해?"

"토익 봤어? 몇 점이야? 그거 쉬웠어?"

"미국은 언제 갈 거야? 영어는 얼마만큼 해? 외국인이랑 대화할 수 있어?"

처음 보는 내가 자신보다 어려서 편한 마음에 그런 것인지, 아니면 이제 곧 그만두는 간호사라 신경도 안 쓰는 것인지 선배 간호사의 무시 섞인 질문이 이어졌다. 계속되는 예의 없는 질문에 마음이 불편했지만 그래도 최대한 문제를 일으키지 않으려고 노력했다.

그러던 어느 날, 다른 간호사가 담당하는 환자의 약이 없어진 일이 일어났다. 병동은 뒤집어졌고 의료진 모두가 약 찾기에 급급했다. 하지만 이곳저곳 아무리 찾아도 약은 보이지 않았다. 나는 해야 할 일이 있어 다른 병실에서 환자를 간호하다가 간호사 스테이션으로 돌아왔다. 그런데 그 병동 과장님이 나를 노려보는 게 아닌가. 내가 그 약을 어떻게 했다고 생각하는 분위기였다.

"김리연 간호사, 이 환자 약 어디 갔는지 알아?"

"제 환자도 아닌데 저는 모르죠. 아까 모른다고 말씀드렸는데요."

"선생님이 여기 일이 익숙지 않으니까 혹시 실수로 버린 거 아냐?"

"그런 적 없습니다. 추가 약은 대차로 오잖아요. 대차는 확인해 보셨어요?"

마치 내가 범인인 듯 취조하는 분위기에 참다 참다 화가 나서 이야기했다. 내 말을 들은 담당 간호사가 대차로 뛰어가 문을 열었다. 내용물을 확인하지 않아도 담당 간호사의 흔들리는 눈빛에 바로 짐작할 수 있었다.

이 일이 있은 후로도 나의 지옥 근무는 계속됐다. 태움은 비단 우리 병동에만 존재하는 게 아니었다. 헬퍼도 이렇게 태울 줄은 몰랐는데 병동 일이 익숙하지 않다는 이유로 활활 태웠다. 고작 하루 트레이닝 받고 일하는 다른 병동 일은 미숙할 수밖에 없고 그래서 못 미더울 순 있지만, 왜 제대로 일을 못하는지에 대해 전혀 이해할 수 없다는 표정을 보였다. 무엇보다 자꾸만 나를 파렴치한 사람으로 몰아가는 이유를 알 수 없었다. 퇴사를 결정했다고 해서 왜 죄인 취급을 받아야 하는 걸까. 어쩌자고 그만두는 간호사를 헬퍼로 보낸 건지 말이 많았다. 하지만 그만두는 간호사가 일을 제대로 안 한다는 법이 있나? 나는 그런 소리를 듣기 싫어서 더 열심히, 더 완벽하게 일하려고 노력했다.

낙동강 오리알

다른 병동에서 일하는 건 생각보다 더 어려웠다. 인계 체계부터 일하는 방식들이 내가 있던 병동과 달라 혼란스러웠지만 우리 병동 얼굴에 먹칠하고 싶지 않았기에 이를 악물고 일을 배웠다.

헬퍼로 간 병동에는 동기가 두 명 있었는데, 한 명은 내가 헬퍼로 온다는 소리에 이것저것 챙겨 줄 만큼 친했지만 다른 한 명은 데면데면한 사이였다. 헬퍼 병동에서의 첫 나이트 근무 때 친하지 않은 그 동기에게 인계를 하게 됐다. 그런데 내가 뭔가 빠뜨린 부분이 있었는지 갑자기 동기가 화난 목소리로 이야기했다.

"너 이거 했어? 이게 빠져 있잖아. 제대로 한 거 맞아?"

"내가 실수했나 봐. 다시 하고 갈게. 그런데 왜 이렇게 화를 내? 좋게 좋게 얘기해도 되잖아."

"이것도 빠졌네. 빨리 다 해 놓고 가. 이건 어떻게 된 거야? 이거 왜 이래?"

물론 내가 실수한 건 맞았다. 하지만 잘 설명해 주면서 충분히 좋게 이야기할 수 있는 일이었는데도 불구하고 분노에 가득 찬 눈으로 나를 노려보는데 대체 왜 이렇게까지 화를 내는지 당황스러웠다. 심지어 다음 날 전해 듣기로는 내가 일을 못해서 힘들어 죽겠다며 다른 동료들에게 하소연을 했다고 했다. 다른 간호사들과 일할 때는 이렇게까지 문제가 있거나 큰소리가 오간 적이 없었기에 더욱 그 동기의 태도가 이해가 되지 않았다.

얼마 후, 평소 친하게 지내던 간호사의 결혼식에 가게 됐다. 축의금을 내고 식장 안으로 들어서는데 맞은편에 그 동기가 걸어오고 있었다. 나는 인사를 건넸다.

"안녕, 여기서 만나네."

그런데, 나를 본체만체 지나치는 게 아닌가. 같이 갔던 의사가 못 들은 것 아니냐고 해서 나는 다시 한 번 더 크게 인사를 했다. 그랬는데도 그 동기는 나를 쓱 흘겨보고는 그냥 지나쳐 갔다.

"완전 대놓고 무시하네. 싸웠어요?"

"아니요. 저도 왜 그러는지 모르겠어요."

아무리 생각해도 이해할 수 없던 동기의 태도. 어쩔 수 없이 헬퍼로 가게 됐지만, 정말 두 번 다시는 헬퍼로 일하고 싶지 않았다. 다른 병동에서 온 낙동강 오리알이 되어 이리 치이고 저리 치이고…. 선배들이 기피하고 나를 보낸 이유가 이거였구나 하는 생각이 들었다.

첫 번째

꿈.

낙동강 오리알이 되어

이리 치이고 저리 치이고.

무시 섞인 말투와 예의 없는 태도는

아무리 생각해도 이해하기 어려웠다.

과장님의 분노가 씁쓸한 이유

헬퍼 근무를 마치고 다시 원래 병동으로 돌아와 일을 하고 있을 때였다. 병동에 전화가 울렸다.

"여기 ○○ 병동인데요. 문의드릴 게 있어서요."

"네. 말씀하세요."

"김리연 선생님?"

"네, 맞습니다. 어떤 부분 도와드릴까요?"

"선생님 말고 다른 선생님으로 바꿔 주세요."

전화를 한 사람은 내가 얼마 전 헬퍼로 갔었던 병동의 간호사였다. 다짜고짜 다른 간호사를 바꿔 달라는 말에 나는 옆에 있던 선배에게 자초지종을 설명했고, 그 선배는 화가 난 듯이 전화를 건네받았다. 한참 통화를 하더니 전화를 끊고 내게 이야기했다.

"웃기는 사람이네. 남의 병동에 전화해 부탁하면서 태도가 왜 이래? 별것도 아닌 거 물어보면서. 너 거기서 진짜 많이 탔겠다. 성격 정말 이상하네. 나 과장님한테 다 보고할 거야. 이게 무슨 경우 없는 행동이야?"

선배는 몹시 화가 난 듯 과장님 방으로 들어갔다. 이윽고 과장님이 상기된 얼굴로 나오시더니 직접 그 병동으로 가셨다. 병원이 크기 때문에 주로 전화로 이야기하는 편인데, 이렇게 직접 가신다는 건 큰 문제라는 뜻이었다. 나는 잘못한 것도 없이 이상하게 마음이 불편해져서 걱정을 하며 과장님을 기다렸다. 얼마 지나지 않아 과장님께서 돌아오셔서는 말씀하셨다.

"앞으로 다른 병동에서 이런 식으로 전화 오면 나한테 바로 이야기해. 어디 버릇없이 남의 병동에 전화해서 우리 간호사들한테 행패야?"

전해 듣기로는 과장님께서 담판을 짓고 오셨다고 했다. 과장님이 계셔서 든든했고 덕분에 서러운 마음이 조금 풀어지는 듯했지만, 한편으론 조금 씁쓸하기도 했다. 내 집에서는 타도 다른 곳에서 타는 건 싫으셨나. 감사하면서도 애매한, 묘한 기분이었다.

꿈을 찾아 한국을 떠나 미국으로

오로지 꿈만 생각하다

병원 생활은 무척 고됐지만 그럼에도 꼬박 2년을 꾹 참고 버틴 건 미국 간호사가 되기 위한 조건 중 '최소 2년의 경력'이라는 항목이 있었기 때문이다. 퇴사 날짜가 다가올수록 마음이 들떴다. 이미 내 마음은 비행기를 타고 뉴욕으로 건너가 있었다. 아침에 일어나서도 웃음이 나오고, 출근할 마음도 기꺼이 생겼다. 퇴사 몇 달 전, 퇴사 결정을 알리기 위해 과장님께 면담을 신청했다.

"과장님, 저 사직서 제출합니다."

과장님은 깜짝 놀라시며 2년 경력으로는 받아 주는 미국 병원이 아무 데도 없을 거라고 으름장을 놓기도, 새로 오픈하는 암 센터에 보내 줄 테니 거기서 경력을 더 쌓으라고 회유하기도 하며 나를 말리셨다. 하지만 내 결정은 확고했다. 이렇게 크고 좋은 병원을 박차고 나오는 것 자체가 나에겐 큰 모험이었고 일생 최대의 결정 중 하나였지만, 이를 바탕으로 성공할 거라는 막연한 믿음에 한 치의 의심도 없었다.

　퇴사 결정에 부모님께서도 걱정을 많이 하셨다. 무엇보다 내 불확실한 미래에 대해 속을 태우셨지만, 내가 세운 계획을 말씀드리며 부모님을 설득했다. 다른 간호사들이나 병원 사람들도 정규직으로 입사했다가 퇴사하고 다른 병원에 들어간다고 해도 다시 정규직으로 취업이 될지는 알 수 없다며 '그렇다고 계약직으로 입사할 거냐', '그냥 계속 다녀라', '네가 무슨 미국 간호사냐' 등의 말을 건네면서 나를 설득했다. 하지만 그 어떤 말도 내 결정을 막을 순 없었다. 나는 사람들의 걱정 어린 시선 속에서 오로지 내 꿈 하나만을 생각하며 마음을 단단히 굳혔다.
　'뉴욕으로 가서 꼭 멋진 간호사가 되고 말 거야!'

시원함 반, 아쉬움 반

퇴사를 앞두고 진료부에서 나를 위해 송별회 자리를 마련해 주었다. 싸우기도 많이 싸우고 그만큼 미운 정 고운 정이 든 진료부 의사들이 만들어 준 자리라 너무 감사하면서도 한편으론 미안한 마음도 들었다. 술을 못 마시는 나였지만 그날만큼은 기꺼이 술잔을 들었다.

"감사한 마음 담아 한잔하겠습니다!"

겨우 한 잔에 머리가 어질어질하고 다리가 풀렸지만 기분은 정말 좋았다. 자리에서 일어나 마지막으로 모두에게 감사 인사를 전했다.

"제주도에서 와서 외롭기도, 힘들기도 했던 서울 생활이었지만 병원 식구들 덕분에 정신 차리고 힘내서 잘 생활할 수 있었어요. 많이 배우고 갑니다. 더 좋은 간호사가 될게요. 정말 감사합니다."

근무 마지막 날이 가까워질수록 아쉬운 마음은 더욱 커졌다. 고맙고 미안한 마음을 담아 같이 일했던 의료진에게 병원 내 메신저를 통해 메시지를 보냈다. 한 명 한 명에게 메시지를 쓸 때마다 2년간의 추억이 생생하게 떠올랐다. 하루라도 빨리 떠나고 싶었던 병원이지만 막상 떠날 때가 되니 '언젠간 이곳도 그리워하게 되겠지?' 하는 생각이 들었다. 그렇게 한국에서의 병원 생활이 끝나 가고 있었다.

그 누구도 내 결정을 말릴 순 없었다.

미국 간호사로서의 삶.

오로지 그것만을 생각하며

마음을 단단히 굳혔다.

인사과와의 퇴사 상담

퇴사를 코앞에 두고 인사과와 마지막으로 면담을 하는 시간이 있었다. 나는 그때가 그동안 부조리하다고 느꼈던 것들을 속속들이 밝힐 마지막 기회라고 생각했다. 사실대로 밝히면 나한테 악영향이 있진 않을까, 다른 병원에 취직할 때 걸림돌이 되진 않을까 걱정도 됐지만 마지막이라는 생각으로 솔직하게 털어놓았다. 다행히도 인사과 직원은 내 이야기를 경청해 주었다.

"그래서 병원을 그만두는 제일 큰 이유는 무엇인가요?"

"태움입니다."

나는 내 인생을 제대로 살고 싶다는 생각에 퇴사를 결정했다. 여기서 도망가는 게 아닌, 내 인생이 더 살 만하다고 느껴지는 곳에서 살고 싶은 욕심이 생겨서였다. 사실 나라고 그만두고 싶었던 건 아니다. 그토록 꿈꾸던 병원에 어렵게 입사했음에도 한 치의 망설임 없이 퇴사를 결정한 건 바로 태움 때문이었다. 나는 지금 병동의 환경이 너무 좋지 않고, 신규 간호사를 억압하는 환경이 문제임을 지적하며 태움 분위기가 당연시되고 있음을 밝혔다. 당장 뭔가가 바뀔 거라고 생각하진 않았지만 그래도 내가 경험했던 일들을 솔직하게 이야기했다.

"병원의 입장에서 보면 한 명의 신규 간호사를 키우는 데 많

첫 번째
꿈.

은 돈이 들어가기 때문에 새로운 간호사를 계속 뽑아 인력을 대체하기보다는 지금 있는 인력을 잘 이용하는 게 훨씬 더 이익이에요. 그런데 리연 씨처럼 2년 만에 또는 1년도 안 되어서 그만두는 간호사가 너무 많고, 그런 간호사들이 점점 늘어나는 게 문제가 되고 있어요. 어떻게 하면 그 환경을 개선할 수 있을까요?"

인사과 직원은 내 생각과 답을 진지하게 들으며 대책을 마련하겠다고 전했다. 실제로 퇴사하고 몇 개월 후 새로운 소식이 들리기 시작했다. 인사과 직원의 말처럼 병동에 변화가 생긴 것이다. 더 이상의 신규 간호사 퇴사를 막기 위해서인지 같이 일했던 간호사들이 다른 병동이나 부서로 뿔뿔이 재배치된 것을 시작으로 새로운 간호사도 많이 뽑고, 병동 분위기가 좋아졌다는 소식을 후배를 통해 전해 들었다. 그 인사과 직원에게 너무 감사했고, 조금은 나아진 환경에서 일할 간호사들을 생각하니 한결 마음이 놓였다.

당장 내가 처한 환경을 바꾸진 못하겠지만, 이렇게 진지하게 얘기를 나누는 기회를 한 번쯤 가지는 걸 권하고 싶다. 나 역시 상담 당시엔 큰 기대를 하진 않았지만 실제로 변화를 목격했으니 말이다. 작은 시도라 할지라도 이런 노력들이 쌓이고 쌓이다 보면 더 큰 변화를 이끌어 낼 수 있지 않을까 생각해 본다.

당장 무언가가 바뀌진 않더라도
누군가는 해야 할 일.
작은 노력들이 모이고 모여
좋은 변화를 가져올 거라는 믿음으로
나는 오늘도 목소리를 높인다.

안녕 한국, 많이 그리울 거야

막상 떠나려니 많은 게 마음에 걸렸다. 이미 익숙해질 대로 익숙해진 서울 생활이 제일 아쉬웠다. 내가 평생 노력한 것들이 모두 없어지고, 이제껏 열심히 만들어 놓은 '김리연'이라는 사람이 이 사회에서 사라지는 것만 같은 막연한 두려움도 느꼈다. 하지만 나 자신을 계속 설득했다. 그런 생각이 들 때마다 미국 간호사로서의 생활을 상상하며 새로운 환경에 대한 설렘과 기대로 마음을 채우려고 애썼다.

인종 차별도 걱정됐다. 학생 때 경험해 본 호주는 인종 차별이 심한 나라였다. 미국 역시 그렇다면 어떻게 해야 하지? 당장 짐을 싸고 한국으로 돌아와야 하나? 부모님 걱정도 많이 됐다. 친구들에 대한 그리움, 타국 생활의 외로움까지. 중대한 결정이니만큼 걱정이 앞서는 건 당연했다. 그럴 때마다 나 자신에게 계속 말했다.

"괜찮아. 그렇게 오랫동안 동경했고 열심히 준비해 온 일인데 후회할 리 없잖아?"

비록 한국의 작은 섬에서 태어났고 나 자신이 보잘것없어 보였지만, 미국에서 간호사로 성공하고 싶다는 꿈이 마음속에서 반짝반짝 빛나고 있었다. 오랫동안 품어 왔던 그 꿈을 미국에서 꼭 이루리라 다짐했다.

비행기에 탑승하니 한국을 떠난다는 게 실감이 나기 시작하면서 눈물이 찔끔 났다. 멀어지는 한국을 보면서 나직하게 속삭였다.

"한국아 기다려 줘. 꼭 자랑스러운 한국인 간호사가 되어서 돌아올게. 그때까지, 안녕."

비행기 안, 멀어지는 한국을 보면서

오랫동안 마음속에 품어 왔던 꿈을

꼭 빛내리라 다짐했다.

TIP

퇴사 후 휴가, 알차게 활용하자

퇴사를 결정한 후 가장 신경을 쓴 건 '하루 24시간을 어떻게 생산적으로 사용할 수 있을까' 하는 것이었다. 목표를 갖고 퇴사를 한 것이기 때문에 단지 놀고 먹고 쉬기만 하는 게 아니라, 목적을 갖고 계획을 세워 똑똑하게 휴가를 즐기고 싶었다. 그래서 휴가 동안 다시 수험생이 된 것처럼 살았다. 차이가 있다면 괴로운 수험생이 아닌 즐거운 수험생 생활을 했다는 것이다.

오전 7시	간단한 운동 + 아침 식사
오전 8시	어학원. 주로 3시간짜리 회화 수업을 들었다.
점심시간	돈과 시간 절약을 위해 도시락을 싸 오거나 간단한 음식을 사 먹었다.
휴식시간	자투리 시간을 활용해 어학원 숙제를 했다.
오후 2시	아이엘츠 시험 공부
5시 이후	저녁 식사 / 영어 동호회 활동 / 영어 봉사 / 블로그 활동 / 운동
귀가 후	학원 숙제 / 공부 / 독서

병원을 그만두고 가장 중점을 둔
건 '영어'였다. 그동안 일하며 모
은 돈의 대부분을 학원과 시험비
에 쏟아부었다. 원하던 아이엘츠
(IELTS, 국제 영어 능력 시험) 점수를 받
았기 때문에 돈이 아깝지는 않았지만, 계속
마이너스가 되는 통장은 어서 빨리 목표한 점수를 받기 위한
동기 부여 수단이 되기도 했다. 재정적으로 걱정이 됐지만 미
래를 위해 투자한다고 생각했다.

틈틈이 블로그 활동도 하고 봉사활동도 했다. 독서, 요리 등
취미 생활도 즐겼다. 어떻게 보면 병원 다닐 때보다 더 바빴지
만, 그래도 자투리 시간들을 이용해 하고 싶은 일을 마음껏 할
수 있어서 즐거웠다.

휴가는 그저 흘려보내는 시간이 아니다. 그동안 고생한 자신
을 위해, 더 성숙하고 보람찬 미래를 위해 해 보고 싶은 거 다
해 보며 알차게, 발전적으로 휴가를 즐기길 바란다.

두 번째

꿈.

꿈은 또 다른 꿈을
가져온다

나의 아메리칸드림

쉽지만은 않았던 뉴욕에서의 시작

한국에서 만난 지금의 남편과 결혼 후, 아메리칸드림이라는 부푼 꿈을 안고 정착한 뉴욕. 간호사가 되겠다는 일념 하나로 열심히 구직을 했지만 타국에서 온 이방인에게 일자리는 쉽게 주어지지 않았다. 남편은 미국에서 나고 자란 한인교포였지만 뉴욕에서는 지낸 적이 없기에 뉴욕에 아는 사람이라고는 거의 없었고, 나와는 하는 일도 전혀 달라 내가 도움을 청할 수 있는 방법도 마땅치 않았다. 열심히 노력하면 된다고 긍정적으로 생각하려 했지만 불안과 걱정이 점점 커지며 결국 인내심마저 시험에 들었다. '아무리 노력해도 취업이 되지 않는다면 간호대학이라도 다시 들어가서 교수님의 추천을 받아야 하는 건가' 하는 생각까지 염두에 두고 있었다.

그러던 어느 날, 남편의 친구였던 토니가 한 웹사이트 주소를 알려 주며 여기서 구직을 해 보라고, 큰 병원은 아니지만 작은 곳에서라도 일을 시작할 수 있을 거라고 정보를 줬다. 토니는 우리 부부와 비슷한 시기에 버지니아에서 뉴욕으로 이사와 구직을 하던 친구로, 내 사정과 절박함을 익히 알고 있었다. 지푸라기라도 잡는 심정으로 그 사이트를 이용해 검색을 하던 중 마음에 드는 병원을 발견해 지원했다. 그리고 거짓말처럼 얼마 지나지 않아 인사과의 합격 전화를 받았다. 나는 이렇게 쉽게 모든 것이 해결된 게 신기하기만 했다. 이 모든 일이 불과 일주일도 안 돼 일어났다.

행복한 마음으로 인사과에서 요청한 서류를 보내려던 때에, 그쪽에서 보내 준 서류를 확인하던 남편이 뭔가 이상하니까 일단 기다리라며 토니가 알려 준 사이트를 조사했다. 알고 보니, 개인 정보를 악용해서 통장의 돈을 빼 가는 신종 수법으로 사기를 치는 곳이었다. 드디어 그토록 꿈꾸던 미국 간호사가 된다는 생각에 얼마나 설레고 기뻤는데 사기라니. 그동안의 노력이 이제서야 빛을 발하기 시작하는가 싶었는데 다시 칠흑 같은 어둠이 찾아오는 듯했다. 내 모든 희망들이 사라져 버린 것 같았다.

한동안 너무 우울했지만, 이런다고 달라질 건 없다며 마음을 다잡았다. 뉴욕이라는 곳에 있는 이상 내 꿈은 결국 이뤄질 수밖에 없다고 생각하며 다이어리 첫 장에 다시 한 번 크게 목

두 번째
꿈.

표를 적었다. 일기를 쓸 때마다 펴 보면서 긍정적인 마음을 유
지하려고 노력했다.

'올해 목표: 뉴욕에서 제일 크고 좋은 병원 중 한 곳에 취직
하기!'

토니는 자기 때문에 내가 사기를 당한 것 같다며 미안해하
고 속상해했다. 그만큼 더욱 내 꿈을 응원하면서 언젠가는 반
드시 잘될 거라며 힘을 북돋아 주었다. 토니는 병원의 일자리
를 구할 때까지 아르바이트라도 하자며 자신이 다니고 있는
회사의 홍보팀 자리를 소개했고, 토니의 추천 덕분에 면접을
보고 합격했다. 비록 아르바이트였지만 드디어 뉴욕에서 일을
한다는 생각에 너무 행복했다. 합격 소식을 듣자마자 뛸 듯이
기뻐하는 나를 보며 남편은 말했다.

"리연, 축하해. 앞으로도 이렇게 원하는 것들을 하나씩 이룰
수 있을 거야. 한 계단, 한 계단씩."

그토록 꿈꾸던 외국 생활이었지만 반짝이던 꿈과는 달리 현
실은 결코 쉽지만은 않았다. 그래도 언젠가는 머릿속으로만
상상하던 날들이 꼭 올 거라고 생각하며 힘들고 어려운 시기
를 극복해 가고 있었다.

두 번째

꿈.

좋은 옷은 좋은 곳으로 가게 해 준다

비록 병원은 아니었지만 그저 일을 한다는 것만으로 행복한 나날이었다. 뉴욕 사람들 틈에 섞여 지하철을 타고 출근하고, 점심시간마다 회사 근처의 맛집을 탐방하고, 가끔은 토니와 함께 공원에서 도시락을 먹으며 점심시간의 여유를 만끽하기도 했다. 뉴요커들과 관광객들을 구경하는 것만으로도 마치 내가 영화의 한 장면 속에 있는 것 같았다. 첫 아르바이트비를 받은 날엔 예쁜 꽃을 사서 집에 꽂아 두고, 남편과 맛있는 음식을 사 먹었다. 그 작고 소소한 모든 것들이 나를 행복하게 했고, 더 나은 미래를 꿈꾸게 했다.

어느 날, 출근 준비를 하는 나를 남편이 불러 세웠다.
"리연, 표정이 왜 그래? 무슨 고민 있어?"
"아르바이트만 하다가 끝날까 봐 갑자기 불안한 마음이 들어서."
"좋은 신발을 신으면 좋은 곳으로 가게 되고, 좋은 옷을 입으면 그에 맞는 위치로 가게 된다고 하잖아. 오늘은 좋아하는 예쁜 옷 입고 출근하는 건 어때? 기분 좋아지게."
남편의 응원에 힘입어 나는 마치 신입사원이라도 된 것처럼 평소 출근할 땐 잘 신지도 않던 높은 뾰족구두까지 신고, 머리부터 발끝까지 말끔하게 차려입고 출근했다. 회사에 도착해 엘리베이터를 타려는데 순간 뒤에서 낯익은 얼굴의 한 남자가 같이 탔다. 회사 사장님이었다. 평소에는 눈도 안 마주치던 사장님이 갑자기 나에게 말을 걸었다.

"당신은 처음 보는 것 같은데 여기서 일하나요?"

"안녕하세요, 사장님. 저는 홍보팀에서 일하고 있습니다. 일한 지 한 달 넘었어요."

스니커즈만 신고 다닐 때는 전혀 관심 없더니 역시 옷의 힘이 크구나 생각했다.

정신없이 일을 하고 있는데 갑자기 모르는 번호로 전화가 걸려 왔다.

"안녕하세요. 베스 이스라엘 병원 인사과입니다. 인터뷰에 합격하셨어요."

합격이라니? 내가 합격을 했다고? 사실 며칠 전, 내가 가고 싶어 했던 베스 이스라엘 병원의 인사 담당자라고 자신을 소개했던 사기꾼의 이름을 확인하고자 병원에 전화를 한 적이 있었다. 그때 구직자들을 간단하게 인터뷰한 후에 채용하는 오픈 하우스 방식에 대해 알게 됐고, 기회다 싶어 이력서를 들고 병원에 찾아가 면접을 보고 와서 연락을 기다리고 있던 참이었다.

두 번째
꿈.

남편의 말이 맞았던 걸까. 옷 덕분에 좋은 일이 생긴 것만 같았다. 드디어 내 꿈이 현실이 되려 하고 있었다. 전화를 마치고 친구들에게 달려가 소리쳤다.

"나 드디어 합격했어!"

TIP

미국 간호사 준비는 이렇게!

블로그를 통해 간호사 상담소를 운영하면서 가장 많이 받은 질문 중 하나가 '미국 간호사 준비'에 관한 것이다. 그중에서도 실질적인 도움이 될 만한 질문을 골라 한눈에 보기 쉽게 정리했다.

Q. 미국 간호사, 어떻게 준비해야 할까요?
학원에 다니면서 면허 시험을 준비하거나 동영상 강의를 들으며 준비하는 걸 추천합니다. 같은 간호학이지만 한국과 미국은 성향이 많이 다릅니다. 문화의 차이나 환자 보호를 위한 법 등을 추가적으로 배워야 합니다. 학원에서 공부하면서 모르는 건 따로 질문하며 학습하는 방법을 가장 추천하고 싶습니다.

Q. 미국 간호사 면허 시험, 많이 어려운가요?
미국 간호사 면허 시험은 엔클렉스(NCLEX, the National Council Licensure Examination)라고 합니다. 2018년 2월 기준 통계에 따르면 엔클렉스의 합격률은 87.11%입니다. 특히 한국 간호사의 합격률은 90%가 넘습니다. 엔클렉스는 45일 간격으로 최대 8번 볼 수 있게 되어 있습니다. 한국에는 시험장

이 없어 외국으로 가서 시험을 봐야 합니다. 시험 신청 후 승인 및 시험 날짜가 나오기까지 보통 1년 정도 걸리기 때문에 시험을 신청하고 공부를 시작하는 경우가 많습니다.

Q. 엔클렉스 합격 후 미국으로 가기 전, 어떤 걸 준비하면 좋을까요?

엔클렉스는 간호사 면허 시험이기 때문에 합격했다고 해서 영어 실력까지 자연히 향상되는 건 아닙니다. 영어는 반드시 따로 공부해야 합니다. 영어 시험을 준비하는 분들이 토플과 아이엘츠 중에서 추천해 달라고 많이 물어보시는데, 저는 외국인과 직접 면접하며 대화할 수 있는 아이엘츠를 추천하는 편입니다.

Q. 미국 간호대 유학, 무리해서라도 가는 게 맞는 선택일까요?

미국 학비는 정말 비쌉니다. 그래서 간호 유학을 목표로 하는 분들 중에 '대학 다니면서 일을 병행해 학비와 생활비를 마련하겠다'고 하시는 분들이 꽤 있는데, 절대 그렇게 하시면 안 됩니다. 학생비자로 일자리를 구하거나 수익을 얻는 건 불법입니다. 미국 병원은 학비를 지원해 주는 곳이 많기 때문에 일단 미국 간호사 준비를 해 병원에 취직을 하고, 학비 지원을 받으며 공부를 하는 것도 방법입니다.

Q. 미국 간호사 이민에 대한 정보는 어디서 얻어야 할까요?

에이전시를 이용하거나 미국 간호사 전문 학원에서 정보를 얻는 방법을 추천합니다. 따끈따끈한 새로운 정보를 얻는 데 가장 빠르게 도움을 받을 수 있습니다. 현지에 사는 미국 간호사들에게 물어보는 것도 방법이지만, 주마다 법이 다른 부분이 있어 자신이 가고자 하는 주의 정보와는 다를 수 있다는 점을 염두에 두어야 합니다.

Q. 거액의 돈을 요구하는 에이전시를 꼭 이용해야 할까요?

꼭 그럴 필요는 없습니다. 정보를 얻을 수는 있지만 고가를 요구하기 때문에 많은 간호사들에게 부담이 되고 있고, 또한 취직 후에도 월급의 일정 금액을 몇 년간 떼어 줘야 하는 계약 조건이 있기도 합니다.

에이전시가 부담스럽다면, 한국산업인력공단이나 코트라 (KOTRA) 등 공신력 있는 정부 기관에서 제공하는 무료 에이전시 서비스를 이용해 보는 방법도 좋습니다. 미국 병원과 연계해 간호사들을 인터뷰하고, 합격자들에게 비자를 제공해 주기도 합니다.

Q. 미국 간호사 이력서는 까다로운가요?

미국 병원의 이력서는 '경력' 위주입니다. 한국과는 달리 증명사진, 나이 등의 개인정보, 자신의 장단점 등 업무와 전혀 관련 없는 정보는 쓸 필요가 없습니다. 종종 나이 때문에 미국 간호사 준비를 고민하는 분들이 있는데, 나이는 상관없이 경력을 우선시한다는 점 꼭 알아 두셨으면 합니다. 미국 간호사 이력서 샘플이 궁금하다면 해당 사이트를 참고하세요(resumegenius.com/resume-samples/nursing-resume-example).

Q. 준비해 두면 좋은 언어가 따로 있나요?

제가 거주하는 뉴욕의 경우 특성상 다양한 인종이 섞여 있지만 그중에서도 스페인어와 중국어를 하실 수 있다면 입사에 도움이 될 수도 있습니다. 어떨 때는 지역에 따라서 같은 경력의 간호사라도 스페인어를 구사하는 간호사를 우대하기도 합니다.

Q. 준비해야 할 자격증이 있나요?

BLS(기본소생술)는 필수입니다. 성인 환자를 간호하는 곳이라면 ACLS(전문심장소생술), 소아 환자를 간호하는 곳이라면 PALS(소아전문소생술)를 요구합니다. 간호사 면허 유지를 위한 보수교육에는 감염 관리와 아동 학대에 대한 내용이 있는데, 감염 관리는 4년에 한 번씩만 들으면 되고, 아동 학대는 한 번 들으면 영구적으로 적용됩니다. 교육 후에는 시험을 봐서 합격해야 합니다.

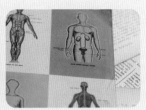

또한, 부서에 따라서 요구하는 자격증과 경력 조건도 다릅니다. 제가 일하는 항암 병동에서는 Chemotherapy Biotherapy Certification(항암 화학 · 생물요법)과 OCN(종양 간호사) 자격증을 요구합니다. 항암 시험의 경우 간호사로서 적어도 1년의 경력과 1,000시간의 암 병동 경력을 필요로 합니다. 이런 정보들을 미리 알아보고 준비해 두신다면 취업에 많은 도움이 될 겁니다.

TIP

외국에도 간호사 박물관이 있다!

● 간호 역사 박물관

미국 필라델피아에는 간호 역사 박물관(Museum of Nursing History)이 있다. 미국에서는 유일한 곳으로 라살(La Salle) 대학교 세인트 베닐드 타워(St. Benilde Tower)에 자리해 있는데, 박물관이 따로 구분돼 있는 게 아니라 학교 군데군데에 자료가 전시돼 있다.

나이팅게일의 사진과 함께 그녀가 직접 쓴 편지 사본으로 시작하는 전시는 옛날 병원 물품부터 간호사들이 사용한 대학교 상징 핀, 간호사복, 모자, 가구, 우표까지 간호에 대한 다양한 물건을 구경할 수 있게 되어 있다. 또한 기숙사 생활을 했던 간호사들의 모습, 옛날 남자 간호사의 역사도 볼 수 있다.

∩ www.nursinghistory.org

● 플로렌스 나이팅게일 박물관

영국에는 나이팅게일로 분장한 직원이 가이드를 해 주는 플로렌스 나이팅게일 박물관(Florence Nightingale Museum)이 있다. 나이팅게일이 직접 들었던 등불도 볼 수 있고, 박물관 내에서 간호사 모자 등을 써 보며 기념사진도 찍을 수 있다. 시즌마다 간호사에 대한 특별 전시를 열어 재미를 더한다.

∩ www.florence-nightingale.co.uk

자유로운 미국 의료인들

점심시간에 쇼핑이라니!

미국에 와서 가장 놀랐던 부분 중 하나가 바로 간호사들의 점심시간을 보장해 준다는 것이었다. 한국에서 일할 땐 밥 먹으러 갈 시간이 겨우 10분도 안 돼 끼니를 거르거나 허겁지겁 먹기 일쑤였는데 미국은 무려 1시간이나 주어졌다. 처음 미국 병원에서 근무를 시작했을 때, 점심시간 1시간을 다 쓰지 않고 돌아온 나를 보며 매니저가 깜짝 놀라 이야기했다.

"리연, 무슨 일이야? 아직 1시간 안 됐는데?"

그녀는 점심시간 1시간을 모두 쓰지 않으면 법적으로도 문제가 되고, 오버타임 수당을 줘야 하니 주어진 시간을 꼭 다 쓰고 오라고 당부했다.

뿐만 아니라 미국 간호사들은 자신에게 주어진 점심시간을 각자의 스타일대로 자유롭게 보냈다. 한번은 이런 일도 있었다. 어느 날 점심을 먹고 돌아온 동료 간호사에게 맛있게 먹었냐고 물었더니 식사는 물론 쇼핑까지 하고 왔다는 게 아닌가.

"오늘 내가 좋아하는 브랜드 세일하는 날이라서 쇼핑하고 왔어!"

세상에, 점심시간에 쇼핑을 하다니. 그게 가능한 일이라고? 한국에서는 당연히 상상도 못할 일이었다. 쇼핑은커녕 밥도 제대로 먹지 못하고 마음 편히 쉬는 것도 어려웠는데 그런 점심시간에 쇼핑이라니. 이게 바로 문화 차이인가 하는 생각이 들었다. 하지만 다시 생각해 보니 그저 의식이 다른 것뿐이었다. 내게 주어진 점심시간 내 마음대로 쓰겠다는데 무슨 상관이람!

또한 미국 간호사들은 점심시간을 정말 알뜰하게 잘 이용했다. 러시아워를 피해 장을 보고 오거나 머리를 자르기도 하고, 네일아트를 하는 간호사도 있었다. 마사지 혹은 물리치료를 받거나 친구들과 약속을 잡아 점심시간을 즐기거나 운동을 하는 등 그 쓰임이 다양했다. 모든 게 주어진 시간 동안 나만의 '쉼'을 갖음으로써 환자들에게 더욱 양질의 간호를 제공하기 위함이었다. 미국 간호사의 문화를 알면 알수록 배울 게 많다는 걸 몸소 느꼈다.

3시 퍼레이드 언제 시작해요?

미국 간호사들이 받는 교육도 남달랐다. 어느 날은 디즈니 회사에서 간호사들에게 교육을 하러 병원에 왔다. 디즈니와 간호사? 한국으로 치면 롯데월드에서 병원으로 교육을 온 거나 다름없었다. 연관성이 전혀 없어 보이는데 대체 어떤 특별한 교육이 이뤄질지 궁금했다.

교육은 병원 본사에서 이뤄졌다. 강의실에 들어서자 디즈니의 시그니처 음악이 흘러나오며 놀이동산의 풍경을 담은 비디오가 상영됐다. 공부하러 온 게 아니라 꼭 놀이동산에 놀러 온 것 같았다. 디즈니 직원들은 강의를 이어 가며 간호사들의 활발한 참여를 유도했고, 참여하는 사람들에겐 디즈니 피겨 인형을 선물로 줬다. 그 덕분인지 참여도와 반응도 정말 폭발적이었다. 색다르고 재밌는 교육이었다.

그중 특히 기억에 남는 부분이 있다. 디즈니 놀이동산에 가면 직원들이 제일 많이 듣는 질문이 있다고 했다.

"When does the 3 o'clock parade start?(3시 퍼레이드 언제 시작해요?)"

바보 같은 질문이라고 생각했는데 디즈니 직원이 말하길 이런 질문을 하는 고객의 마음을 읽을 줄 알아야 한다고 했다. 그 사람이 정말 3시 쇼가 몇 시에 시작하는지 몰라서 물어보는 걸까? 아마 디즈니를 방문한 기쁨, 흥분, 앞으로 보게 될 쇼에 대한 기대, 그 모든 순간들을 더욱 잘 즐기고 싶은 소망이 담겨 있을 것이라고 이야기했다. 질문을 받은 직원의 대답도 인상 깊었다.

"3시 10분 전이니까 이제 곧 시작할 거예요. 쇼를 더욱 잘 보고 싶다면 저쪽 미키마우스 스토어 앞이 제일 좋아요. 거기서 구경하면 퍼레이드 전경이 모두 보여요. 또 항상 에어컨이 나오거든요. 그래서 해가 쨍쨍 비추는 더운 날에도 거긴 정말 시원해요."

디즈니 회사는 고객 만족도가 높기로 굉장히 유명해서 많은 기업들이 그 비결을 배우고 싶어 하는 게 사실이다. 디즈니 직원들은 고객의 마음을 빨리 캐치할 수 있는 훈련을 받는다고 했다. 질문을 질문 그대로 받아들이지 않고, 고객의 입장에서 왜 그 질문을 했을지 한 번 더 생각해 보는 게 디즈니의 비결이라고도 했다. 또한 병원에서도 실제로 환자나 보호자에게 다양한 질문들을 받게 될 텐데, 대답하기 전에 그 사람이 어떤 걸 정말로 궁금해하는지 한 번만 더 생각해 보고 답을 하면 질문한 사람의 만족도를 높일 수 있다고 강조했다. 작은 것에 큰 의미를 부여하고 더 나아가 감동까지 전하는 의료인이 될 수 있

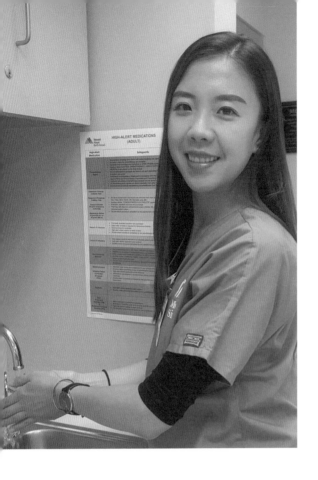

중요한 건 환자의 질문을

있는 그대로 받아들이기보다

'환자의 입장'에서 한 번 더 생각해 보는 것.

이날의 교육은 내게 많은 것을 가르쳐 주었다.

두 번째

꿈.

는 교육이 의료인뿐 아니라 환자들을 위해서도 꼭 필요하다고
느낀 뜻깊은 경험이었다.

표현의 자유를 인정해 주는 곳

"리연! 나 어제 네일아트 받았는데 진짜 예쁘지?"

어느 날, 농구팀 뉴욕 닉스(New York Knicks)의 팬인 수간호
사가 농구 경기에 다녀온 후 손톱 자랑을 했다. 그녀의 손톱에
는 뉴욕 닉스의 시그니처 컬러인 오렌지색 매니큐어가 칠해져
있었다. 깜짝 놀라서 물었다.

"너무 예뻐! 나도 하고 싶다. 한국에서는 상상도 할 수 없는
일이야."

"응? 왜?"

"한국 병원에서는 네일아트를 하면 환자에게 안전하지 않
다고 생각해."

"그게 왜 안전하지 않아?"

"단정하게 보이지 않을 뿐만 아니라 감염의 원인이 될 수도
있잖아."

"왜? 환자 볼 때 손도 씻고, 장갑도 끼니까 환자에게 손이 직
접 안 닿잖아. 한국도 장갑 쓰지?"

미국 병원에서는 구두도 신을 수 있고,

액세서리도 착용 가능하며,

네일아트는 물론 화장도 자유롭다.

나에게는 당연히 안 됐던 일이 미국에서는 아무렇지도 않은 일이라 놀랐다. 그러나 미국 간호사의 입장에서는 한국 간호사가 더 이해가 안 가는 상황이었다. 한국에서는 환자에게 정맥 주사를 놓으려고 할 때 장갑을 안 끼고 하는 경우가 많았다. '장갑을 끼면 환자가 기분 나빠하지 않을까?' 하는 우려까지 있곤 했다. 하지만 미국에서는 장갑을 끼지 않고 주사를 놓는 건 상상할 수도 없는 일이었다. '그래서 네일아트도 자유로운 건가?' 하는 생각이 들었다(물론 미국에서도 인조 손톱이나 스티커 형태의 네일아트는 금지다).

이처럼 한국 간호사 사회에서는 금기시되는 일이 많다. 예를 들어, 간호사는 꼭 병원에서 정해 준 유니폼을 입어야 한다. 간호복 상의는 왜 그렇게 얇은지 내의를 입지 않으면 속옷이 비쳐 꼭 챙겨 입어야 하고, 심지어 내의도 비치지 않도록 흰색을 입어야 한다. 양말 역시 무늬가 없는 흰색. 패턴 양말은 허용되지 않는다. 간호화도 흰색이어야 하며, 반지, 목걸이, 귀걸이 등 어떤 액세서리도 착용할 수 없다. 화장 또한 안 해서도 안 되며 너무 과해서도 안 된다. 내가 받아 온 한국 간호사의 교육 기준은 이렇게 엄격했다.

하지만 미국 간호사는 달랐다. 엄격한 환경에서 지내다 이렇게 표현의 자유를 인정해 주는 곳에 있으니 편했다. 무엇보다 머리가 잘 정리됐나, 무늬 없는 양말을 신었나가 아닌 의료적인 부분에 더 관심을 기울인다는 느낌이 좋았다. 한국의 이런 실정에 대해 이야기했을 때 "로봇 공장도 아니고 사람을 똑같이 만든다는 게 어떻게 가능해?" 하는 이야기도 들었다. 내 입장에서 당연한 게 미국에서는 신기한 일이었다. 달라도 너무 다른 환경. 나는 여전히 그 문화 차이를 열심히 배워 가고 있다.

두 번째

꿈.

금기시되는 게 많은 한국과는 달리

표현의 자유를 인정해 주는 미국 병원의 환경.

문화와 생각 차이에서 오는 다름을

몸에 익히고 배워 가고 있다.

— TIP —

미국 간호사들의 꿀 복지

● 의료 보험

미국으로 이민 온 사람들에게 가장 큰 걸림돌 중 하나가 바로 의료보험이다. 교통사고라도 크게 당한다면 빚더미에 앉을 수도 있을 만큼 미국의 의료보험은 가히 살인적이다. 예를 들어, 간단하게 피 검사를 해도 보험 없이는 의료비가 100달러가 넘는다. 하지만 간호사는 의료보험 혜택이 커 그런 걱정이 없다. 병원마다 사용하는 의료보험이 다르지만, 현재 내가 근무하고 있는 병원의 경우 한 달에 75달러만 내면 나와 배우자, 자녀들까지 모든 의료비가 무료다. 의료비에는 각종 수술비와 응급상황, 약값까지 포함돼 있다.

● 트래블 너스

미국의 트래블 너스(Travel nurse)는 한국의 헬퍼 간호사 개념과 같다. 병동에 일손이 부족할 때 잠시 트래블 너스를 쓰는데, 도와주러 오는 역할이기 때문에 모든 의료진에게 환영과 사랑을 받는다. 기존 간호사들이 출산 휴가를 가서 자리가 비거나 병가가 길어질 경우에도 트래블 너스를 쓴다. 한국은 정규직과 계약직의 구분이 커 잘 이해가 안 될 수도 있지만, 미국에서는 병원에 따라 급여도 좋고 보너스 수당도 있어 안정적이지 않은 직업이라 말하기 힘들다.

● 휴가

병원에 따라 다르지만 보통 20~25일의 휴가가 주어진다(공휴일은 제외). 거기에 급한 일이 생겼을 때 언제든 쓸 수 있는 '퍼스널 데이(Personal day)'는 3개월에 한 번씩, 1년에 총 4개가 추가로 생긴다. 하루를 다 써도 되고 몇 시간만 정해서 쓸 수도 있다. '병가(Sick day)'는 한 달에 한 개씩 쓸 수 있는데, 모아 두었다 쓰거나 쓰지 않고 돈으로 받을 수도 있다. 두 가지 모두 월급이 100% 지급된다.

● 근무 체계

한국은 보통 3교대 근무 시스템이다. 데이, 이브닝, 나이트 근무로 나눠 8시간씩 교대 근무를 하는 것과는 달리 미국은 원하는 근무를 지원해 일할 수 있다. 또 쉬는 날에는 콘퍼런스, 회의 등 병원 행사에 참여하지 않도록 되어 있다.

● 각종 할인

병원에 따라 제공하는 할인 서비스가 많다. 전자제품부터 간단한 브로드웨이 쇼나 영화 티켓, 차 렌트와 여행 패키지까지 할인해 준다. 쇼핑 할인 우대도 포함된다. 큰 병원일수록 혜택도 광범위하다.

이방인의 서러움, 텃세

마음이 맞지 않는 간호사

한창 바쁘던 어느 날, 그날도 여러 명의 환자를 간호하느라 롤러스케이트를 신은 것처럼 정신없이 근무 중이었다. 동료 간호사가 점심을 먹기 위해 내게 환자를 인계하고 간 지 얼마 안 된 때였다. 그 환자가 드레싱을 갈아 달라며(상처 부위 거즈 교체) 나를 불렀다. 분명 환자 드레싱은 어제 저녁에 갈았고, 내일 병원에 입원 예정이라 신경 쓸 필요 없다고 인계 받았던 터라 환자에게 말을 건넸다.

"다른 간호사에게 전해 받기로는 어제 드레싱 체인지 했다고 들었어요. 그리고 내일 입원하신다면서요. 지금 보기로는 깨끗하고 좋은데, 혹시 불편한 점이 있어서 그러시나요?"

"안 해 준다는 얘긴가요?"

"아니요. 오늘은 체인지 하는 날이 아니라서 꼭 하지 않아도 되지만, 불편하시면 갈아 드릴게요."

"됐어요."

"어떻게 불편하신가요? 제가 지금 다른 환자들을 보고 있어서, 금방 다시 와서 해 드릴게요."

"내가 됐다고 얘기했잖아요."

환자는 나와 더 이상 대화를 이어 가고 싶지 않은 듯 등을 돌렸다. 당황한 나는 다른 간호사들에게 상황을 전했다. 환자가 나랑 대화를 피하는데, 나 대신 대화를 시도해 볼 사람 있는지 물었지만 아무도 나서질 않았다. 그때, 환자가 자기 앞을 지나가는 간호사를 불러 세워 대화를 시도했다. 그리고 몇 분 후, 병동 한가운데서 그 간호사가 나를 불렀다. 목소리가 어찌나 큰지 환자와 보호자, 모든 의료진이 응급상황이라도 되는 듯 동시에 그 간호사를 쳐다봤다.

"리연! 이 환자가 너한테 드레싱 체인지 해 달라고 했는데 왜 안 해?"

모든 시선이 나에게 고정됐다. 그 상황이 너무 놀랍고 어이가 없어 손짓으로 그 간호사를 간호사 스테이션으로 불렀다. 그리고 조용히 이야기했다.

"드레싱 봤어? 어제 갔었어. 이상도 없고. 그래도 갈아 달라고 해서 다른 환자 보고 갈아 주려고 했더니 거부하더라고."

"환자가 너한테 해 달라고 했는데 네가 안 해 줬다는데?"

"나는 분명히 해 준다고 얘기했어. 그리고 병동 한가운데에서 내 이름을 그렇게 크게 부르면 어떡해? 내가 무슨 잘못이라도 한 것처럼. 그게 프로페셔널 한 거야? 나한테 뭘 따지려고 하는 거야?"

"따지다니? 나는 그냥 물어본 거야. 분명히 저 사람이 네가 안 해 줬다고 했어."

몇 번을 얘기해도 대화가 안 통했다. 아무리 그래도 병동 한가운데서 내 이름을 크게 부르며 따지는 건 프로페셔널하지 않다, 나라면 따로 불러서 물어봤을 것이다 조목조목 따지자 말문이 막히는지 고개를 돌렸다. 이 상황이 너무 어이없었지만 그래도 그 간호사를 이해하고 넘어가자고 생각했다.

믿었던 매니저 너마저

이 일 때문에 하루 종일 뚱한 표정으로 근무하는 내게 매니저가 말을 건넸다.

"리연, 기분 풀어. 서로 오해가 있었나 봐."

"내가 생각하기에 오해는 아닌데? 아주 일방적이었어. 프로페셔널하지 않은 행동이라고 생각해."

"그렇게 생각하지 마. 서로 오해가 있었던 거니까 이해하고 기분 풀어."

두 번째

꿈.

서로 간의 오해였다고 중재하는 매니저의 말투가 마음에 들지 않았다. 그 간호사를 옹호하려고 계속되는 매니저의 설득에 가만히 있을 수 없었다. 지금 바로잡아야 할 문제라고 생각해 매니저에게 화를 냈다.

"캐런, 이건 오해가 아니야. 누가 병동 한가운데서 응급상황인 듯 그렇게 크게 이름을 불러? 오늘은 특히나 바빠서 환자며 보호자며 병동이 꽉 차 있는데 다들 놀라잖아. 그건 전문가답지 않아. 또 내가 한 말을 안 믿고, 나에게 물어보지도 않고, 환자 말만 듣고 나를 취조하는 건 뭐야? 그런 건 우리끼리 조용히 물어봐도 되는 거잖아."

"그래도 그건 오해야."

"아직도 오해라고? 그럼 들어 봐. 똑같은 상황이 나와 너에게 생겼어. 그럼 나는 너한테 조용히 다가가서 어떤 상황인지 묻겠어. 환자보다 간호사인 네 말을 우선적으로 들을 거야."

항상 묵묵히 일만 하는 내가 오목조목 반박하자 매니저도 놀란 듯했다. 그제서야 내 말이 맞다며 내 의견에 수긍했지만, 나는 여전히 그 상황이 마음에 들지 않았다. 제대로 해결된 것 없이 찝찝하기만 한 하루였다.

환자들의 인종 차별과

간호사들의 텃세, 기 싸움까지.

한국이나 미국이나

참고 견뎌 내야 할 문제가 있다는 건

별반 다르지 않았다.

물 만난 왕따 놀이

얼마 후, 제약 회사에서 제공하는 디너 프로그램이 있던 날이었다. 그 일이 있은 후로 여전히 사이가 좋지 않았던 그 간호사가 돌아다니면서 다른 간호사들에게 참석 여부를 물어보기 시작했다.

"디너 프로그램 갈 사람? 캐런? 레지나?"

그런데, 한 명 한 명에게 묻더니 나만 빼고 모두를 참석자 명단에 적는 게 아닌가? 나에겐 아예 눈길조차 주지 않았다. 대놓고 나를 왕따시키는 듯했다. 당황스럽고 기분 나빴지만 따지고 싶지도, 함께 어울리고 싶지도 않아 무시했다. 하지만 은근한 왕따 놀이는 그 간호사가 다른 지역으로 이사 갈 때까지 계속됐다.

시간이 흘러 그 간호사가 떠나고 어느 날, 병동에서 일을 하고 있는데 한쪽에서 간호사들이 휴대폰을 보며 이야기하는 게 보였다.

"너무 귀엽다. 잘 지내고 있네!"

무슨 소린가 싶어 알아보니 그 간호사가 나만 빼고 그룹 채팅방을 만들어 자신의 소식을 다른 간호사들에게 전하고 있던 것이었다. 다른 곳으로 떠나서도 그녀의 왕따 놀이는 휴대폰을 타고 이어지고 있었다.

이런 게 텃세가 아니면 무엇일까? 한국에 태움이 있다면 외국에는 텃세가 있었다. 대체 왜 이런 일이 일어나는 건지, 내가 병원 생활을 잘못하는 건지 괜히 나 자신을 탓하기도 했다. 하지만 이내 마음을 다잡고 다짐했다. 한국에서도 꿋꿋하게 이겨 냈듯, 이곳에서도 절대 굴하지 않고 열심히 해서 보란 듯이 인정받겠다고.

때로는 기 싸움도 필요해

미국 병원에 처음 입사하고 나서 힘들었던 것 중 하나가 바로 기 싸움이다. 기 싸움에서 이기느냐 지느냐에 따라 나의 업무량이 달라지기도 했다. 기 싸움은 비단 의사와 간호사, 간호사와 간호사 사이에서뿐만 아니라 간호사로서 내가 오더를 내려야 하는 테크니션(Technician, 한국의 간호조무사)과의 관계에도 적용됐다. 내 경우 나보다 나이가 훨씬 많은 테크니션과 일을 했는데, 검사용 혈액을 채취하거나 환자 의자를 정리하거나 소변 통을 교체하는 등의 일을 시키기가 마음이 영 불편했다. 한국에서도 조무사와 일을 해 봤지만, 보통 먼저 해야 할 일을 물어 왔기 때문에 내가 따로 부탁을 하는 경우가 드물었다. 나는 마음이 불편한 게 싫어 한국에서의 신규 간호사 때 경험을 생각하며 '힘든 일도 아닌데 내가 해야지' 하며 되도록 스스로 다 하려고 했다. 그런 나를 그들도 고마워하는 눈치였다. 어쩐지 한국에서보다 더 바쁜 생활을 해 나가고 있었다.

한가한 날도 있었지만 바쁜 날도 있었다. 응급환자라도 있는 날에는 차팅하랴 물품 정리하랴 근무가 끝나 가는 시간임에도 불구하고 일을 다 마치지 못하는 경우도 있었다. 그날도 역시 정신없이 일을 하고 있는데 누군가 화난 목소리로 나를 불렀다. 테크니션 중 한 명이 나에게 다가와 다짜고짜 따지기 시작했다.

"리연, 너 왜 베개 커버 안 갈았어?"

"나 지금 차팅하는데? 아직 다 못 끝냈어."

"베개가 이렇게 많이 나와 있는데 갈아 놔야지."

그러고서는 아직도 다 일을 못했냐며 눈을 흘기고 가는 게 아닌가? 순간 아차 싶었다. 그동안 테크니션들이 힘들게 일하는 듯해 자진해서 도와주곤 했는데, 좋은 마음에서 했던 행동이 이렇게 돌아오다니. 황당해하는 나에게 매니저가 다가와 말했다.

"리연, 네가 테크니션들 도와주려고 하는 마음은 알겠는데, 그냥 네 일에 더 집중하고 마무리 잘하도록 해. 그게 더 좋을 것 같아."

매니저의 말뜻을 이해할 수 있었다. 내가 자꾸 테크니션들의 일을 도와주다 보니 마치 내가 해야 하는 일처럼 된 것이다. 이 일이 있은 후 매니저의 말대로 철저히 내 일만 했다. 그러자 테크니션들이 나를 대하는 태도도 다른 간호사 대하듯 바뀌었다. 각자 맡은 업무가 있고, 그 영역을 선행이랍시고 넘어서는 안 된다는 걸 깨닫게 된 경험이었다.

전문 간호사와 한판?

"리연이가 진료실 문을 활짝 열더니 의사한테 당장 나오라고 했어. 제정신이야? 미친 것 같아."

병동에 들어서는 순간 갑자기 들려오는 소리에 화들짝 놀랐다. 새로 온 전문 간호사 한 명이 나에게 불만을 품고 격양된 목소리로 다른 간호사들에게 내 험담을 하고 있는 중이었다. 너무 놀란 나는 그 간호사를 향해 무슨 일이냐고 물었다.

"네가 진료 중인 진료실 문 활짝 열었잖아."

"나 그런 적 없는데. 언제를 얘기하는지 모르겠지만, 불만이 있으면 나한테 직접 와서 얘기해."

내 말에 그 간호사는 화가 난 듯 병동 밖으로 나갔다. 근무가 끝날 무렵 그 간호사에게 가서 물었다. 도대체 내가 무엇을 잘

두 번째

꿈.

못했는지. 그랬더니 내가 아주 매너 없고 에티켓도 안 지키는 간호사라며 나를 욕하는 게 아닌가? 이 모든 게 내가 다짜고짜 진료실 문을 열었기 때문이라고 했다. 나는 그런 적 없다고 했는데도 끝까지 내가 그랬단다.

"그럼 현장에 있던 의사에게 물어보면 되겠네."

그렇게 그 간호사와 나, 의사의 삼자대면이 시작됐다. 내가 진료실 문을 벌컥 열고 들어갔냐고 물었다. 이 모든 싸움이 거기에서 비롯됐다고 하니 의사가 대답했다.

"리연이 지금까지 일하면서 나에게 그런 적은 한 번도 없었어. 항상 노크하고, 상황을 확인하며 말을 걸었어."

의사의 답변에도 전문 간호사는 사실이 아니라며 참을 수 없다는 듯 나에게 사과하라고 소리를 질러 댔다. 내가 수긍하지 않자 자기 말을 못 알아듣는 거 같으니 그냥 집에나 가라며 명령했다. 나중에 알고 보니 다른 일 때문에 화가 난 걸 나에게 화풀이한 것이었다.

이뿐만이 아니다. 테크니션과 간호사들이 자신의 일을 도와주려고 하지 않아 화를 내는 일도 있었다. 병원 내에는 계급이 분명 존재하지만 그걸 표현하는 건 금기시되는 일이었다. 전문 간호사라고 해도 간호사와 테크니션, 의사들을 동료로 생각하고 '부탁'조로 오더해야 하는데, 단순히 명령조로 대해 다른 모든 사람들이 언짢아했다. 전문 간호사지만 동료들에게 대접받지 못하는 이유가 있었다. 아무리 알려 줘도 본인이 바뀌려고 노력하지 않는 한 절대 바뀔 수 없는 부분이라 안타까운 마음이 들었다.

기 싸움도, 텃세도 존재했던

미국에서의 신규 간호사 생활.

처음엔 불편하고 힘들었지만

지금은 둘도 없는 동료 사이가 됐다.

목소리를 내야 인정받는다?

겸손이 미덕인 한국과는 달리 미국은 목소리를 내야 오히려
인정을 해 준다. "표현하지 않는데 네 마음을 어떻게 알아?"라
는 말이 딱 여기에 해당된다.

● 하기 싫은 일은 하기 싫다고 말하자

상사가 업무와는 상관없는 일을 부탁했을 때 하기 싫으면 하
기 싫다고 당당하게 말하면 하지 않아도 된다. 한국 같으면
"네가 감히?" 하며 불호령이 떨어지거나 미운 털이 박히기 일
쑤지만, 미국의 경우 오히려 상사들이 그런 간호사들을 더 어
려워하고 더 잘 대해 주는 경향이 있다.

● 잘한 일은 잘했다고 칭찬받자

미국에서 일하며 놀랐던 것 중 하나가 환자에게 직접 칭찬을
요구하는 모습이었다. "제 간호가 마음에 드신다면 편지를 써
주세요" 하는 말을 환자에게 스스럼없이 건넨다. 그런 문화에
익숙하지 않아 당황한 내게 동료 간호사가 해 준 말이 아직도
기억에 남는다.

"예를 들어 화장품 가게에 갔는데 직원이 친절하게 서비스해
주면 기분 좋지? 그럴 때 직원들이 자기 서비스가 마음에 들

면 칭찬 카드 써 주고 가라고 얘기하는데, 그게 이상해? 나는 알겠다고 하면서 써 주는데? 어렵게 생각하지 마. 네가 최선을 다했고, 상대방도 만족할 만한 결과를 얻었으면 부탁할 수 있는 거잖아. 뭐 어때?"

● 의견을 자유롭게 표현하자

한국에서 일할 땐 주로 경력 많은 간호사 선배들이 회의를 주도하는 경우가 많았다. 하지만 미국은 다르다. 입사한 지 한 달도 안 됐을 때 전체 회의에 참석한 적이 있는데, 나에게도 안건에 대해서 의견을 물어보며 활발한 참여를 유도했다. 이처럼 미국은 회의 분위기가 자유롭고, 의료진 모두가 너 나 할 것 없이 참여하며, 목소리를 높여 자기 의견을 표하는 간호사들을 존중해 준다.

어느 나라에서 온 간호사인가요?

한국으로 돌아가!

미국 병원에서 일하며 또 하나 힘들었던 건 바로 인종 차별이다. 환자들에게서도 대놓고 노골적인 차별을 당하곤 했는데, 어느 날은 정신 장애를 앓고 있는 환자가 내원해서는 나에게 말을 했다.

"어느 나라에서 왔나요?"

"한국에서 왔어요."

"당신이 하는 말 하나도 못 알아듣겠으니까 다른 간호사 불러오세요."

"네? 아…. 알겠어요. 영어 할 줄 아는 간호사로 데려올게요."

환자는 내가 하는 말을 다 알아듣고 대답까지 하면서도 완강하게 다른 간호사를 요구했다. 매니저와 동료 간호사들에게 자초지종을 설명하고, 다른 간호사를 데리고 가서 환자에게 소개했다. 그런데 갑자기 환자가 문맥상 맞지도 않는 말을 하며 엉엉 울기 시작했다.

"이제 이 간호사가 당신을 간호할 거예요. 알겠죠?"

"저를 사랑하세요? 미워하지 마세요. 아까 제가 실수했어요. 제발 저를 사랑해 주세요."

"네? 아니에요. 괜찮아요. 실수할 수도 있죠. 울지 마세요. 그런데 아까는 못 알아듣겠다고 했잖아요."

"거짓말이에요. 저 다 알아들어요. 저한테 화났죠?"

"아니에요. 화 안 났어요. 울지 마세요."

"그럼 나를 용서하는 건가요? 정말 고마워요. 당신은 최고의 간호사예요."

환자는 횡설수설하더니 내게 사과를 했다. 나는 너무 당황스러웠지만 티 내지 않고 침착하게 다시 그 환자를 간호하기로 했다. 환자에게 주사할 준비를 하고 다가갔는데, 대뜸 또다시 나에게 소리치기 시작했다.

"당장 한국으로 돌아가!"

"네? 아까는 괜찮다고 했잖아요."

"내가 언제? 빨리 돌아가!"

환자는 버럭 소리를 질렀다. 그 후로도 미안하다고, 나를 사랑한다고, 용서해 달라고 했다가 다시 또 한국으로 돌아가라고 소리 지르는 걸 반복했다. 유독 동양인인 나에게만 민감하게 반응하는 그 환자를 도저히 간호할 자신이 없어 결국 나는 다른 간호사에게 그 환자를 맡겼다. 모든 걸 포용해야 하는 간호사라고 하지만 정말이지 이런 환자는 겪어도 겪어도 힘들다.

네가 하는 말 못 알아듣겠다

항암 센터에서 근무할 때의 일이다. 조용했던 병동이 갑자기 시끄러워졌다. 새로 온 환자 한 명이 소리를 지르며 불만을 표한 것이다. 차례를 기다리지 못하고 빨리 본인의 치료를 시작해 달라고 계속 고래고래 소리를 쳤다. 나는 얼른 그 환자에게 다가갔다.

"안녕하세요. 저는 리연입니다. 오늘 당신을 간호할 간호사예요. 죄송해요. 기다려 주셔서 감사합니다."

"중국에서 왔어요? 무슨 말인지 모르겠으니까 통역 불러 주세요."

"제가 하는 말을 못 알아듣겠다는 말씀인가요?"

"네. 하나도 모르겠어요."

"그럼 영어 하는 간호사 불러올 테니까 조금만 기다려 주세요."

내 말에 꼬박꼬박 대답하면서 계속 못 알아듣겠다고 하는 걸 보니 작정한 듯했다. 환자는 나를 모욕해 자신의 화를 풀려는 것 같았다. 나는 스페인에서 온 동료 간호사에게 통역을 부탁하며 환자에게 데려갔다. 나는 영어로 얘기했고, 동료 간호사는 내 말을 스페니시로 통역해 환자에게 전했다. 그 간호사는 내가 영어를 잘하니 당연히 스페인어로 통역해 달라는 것으로 생각한 것이다. 그러자 환자는 또다시 버럭 화를 냈다.

"내가 스페니시나 쓰는 사람처럼 보여? 당신 뭐야? 어느 나라에서 왔어?"

환자는 그 간호사도 모욕하기 시작했다. 상황을 파악한 동료 간호사가 나를 대신해 상황을 수습하고 환자를 간호한 뒤 나에게 다가왔다.

"이거 무슨 상황이야? 말도 안 되는 거 알지?"

"그 환자가 내 영어를 못 알아들었나 봐."

"아니야. 그 환자는 그냥 아주 무례한 것뿐이야. 나한테도 그러잖아. 어느 나라에서 왔냐고? 그런 말을 하다니 정말 믿을 수가 없다!"

항암 센터에서 일하다 보면 가끔 이렇게 작정을 하고 온 듯한 환자들을 만날 때가 있다. 이런 환자들은 마치 우리 때문에 암에 걸린 듯이 의료진에게 화풀이를 한다. 본인의 상황이 얼마나 억울하고 화가 나면 이렇게 말도 안 되는 억지를 부리는 걸까. 암 환자의 마음을 온전히 이해하는 건 경력이 쌓여도 정말 어렵다.

이민 온 간호사에게 치료받기 싫어요

내가 근무했던 맨해튼 중심가에 위치한 병원은 다양한 인종들로 가득했다. 다른 나라에서 이민 와 영어에 능숙하지 않은 사람도 많았고, 영어가 유창하더라도 악센트가 너무 심해 알아듣기 어려운 경우도 빈번했다. 러시아에서 간호사로 일하다가 이민을 왔다는 그 환자는 어쩐지 첫인상부터 나를 경계하는 것처럼 보였다. 환자는 잘 알아들을 수 없는 진한 러시아 악센트로 내게 말을 했다.

"당신 미국 사람인가요?"

"아니요. 한국에서 이민 왔어요."

"남한인가요? 북한인가요?"

미국인들은 생각보다 한국에 대해 모르는 경우가 많아 한국에서 이민 왔다고 하면 남한인지 북한인지 묻는 경우가 있다. 그래서 이상할 게 없었지만 내 대답에 환자는 얼굴을 붉히며 말을 이었다.

"당신이 나를 간호하는 거 싫어요. 그러니까 빨리 다른 간호

인종 차별은 정말 속상하지만 그럴수록

'한국 간호사야말로 정말 간호를 잘한다는

인상을 줄 수 있도록 더 잘 간호해야지'

다짐하게 된다.

사로 바꿔 주세요."

"혹시 왜 그러시는지 알 수 있을까요?"

"다른 간호사로 바꿔 달라고 얘기했잖아요."

이런 게 바로 인종 차별 아닐까? 내가 영어를 못해서도 아니고 단지 한국에서 왔다는 이유만으로 나에게 치료받기 싫다고 말하는 환자가 이해가 가지 않았다. 기분이 상했지만 더 이상 환자를 불편하게 만들고 싶지 않았던 나는 매니저에게 이야기했다. 얘기를 들은 매니저는 화를 내더니 환자에게 다가가 말을 했다.

"안녕하세요. 리연 간호사에게 치료받고 싶지 않은 이유가 있으신가요? 없다고요? 근데 왜 간호사를 바꿔 달라고 하신 거죠? 당신도 외국에서 이민을 왔고, 간호사로 일한 경험이 있으면서 어떻게 그렇게 이야기할 수 있어요? 다른 나라에서 일하는 게 얼마나 힘든지 알 거 아니에요. 리연에게 사과하시고, 문제가 없다면 리연에게 치료받도록 하세요. 그리고 제 말 믿으세요. 리연이는 아주 훌륭한 간호사예요."

미국에서도 인종 차별은 심각한 문제로 생각하는데, 그래서인지 매니저는 아주 강하게 이야기했다. 매니저가 말을 끝내자 환자는 내게 정말 미안하다며 바로 사과했고, 매니저 덕분에 나는 문제없이 그 환자를 간호할 수 있었다. 매니저는 따로 나를 불러 이건 있을 수 없는 일이라며, 이런 일이 또 생기면

두 번째 꿈.

언제든지 얘기하라고 했다. 인종 차별은 속상했지만, 환자도 진심으로 사과해 마음을 풀었다. 그리고 다짐했다.

'다음에도 이런 환자가 온다면 한국 간호사야말로 정말 간호를 잘한다는 인상을 줄 수 있도록, 그래서 나만 찾을 정도로 잘 간호해야지.'

간호사의 숙명, 죽음을 마주하기

마음에 암이 걸린 환자

어느 날, 심상치 않은 모습의 환자가 내원을 했다. 비쩍 마른 몸에 하얀 머리, 피부가 하얗다 못해 창백한 그 환자는 가만히 앉아 있지를 못하고 연신 두리번거리며 불안한 마음을 그대로 드러내고 있었다.

"안녕하세요. 저는 리연이라고 합니다. 제가 오늘 간호해 드릴 거예요. 통증이 있으신가요?"

"내 통증에 대해서 네가 뭘 알아? 네가 해결해 줄 것도 아닌데 왜 물어봐? 내가 아프다면 네가 알아? 네가 날 신경 쓰기라도 하니?"

환자의 날카로운 반응에 놀랐지만 당황한 기색을 감추며 다시 말을 걸었다.

"어디에 통증이 있고, 얼마나 아프신지 알려 주셔야 간호를 해 드릴 수 있어요."

"내 통증이 뭐가 중요해. 어차피 나는 죽을 건데. 아무도 나를 신경 안 써."

항암 센터에서 일하며 이런 환자들을 많이 겪었다. 많은 환자들이 항암 센터에 내원할 때는 암뿐만 아니라 마음에도 병을 가지고 있는 경우가 많다. 암이라는 게 그 자체로도 무섭지만 특히 사람의 감정에도 영향을 끼쳐 정신까지 아프게 하는 것이다. 몸이 아닌 마음이 아픈 이런 환자들은 간호사들을 힘들게 하고 시험에 들게 한다. 가족의 죽음을 통해 생명의 절실함을 깨달은 사람으로서 죽음에 대해 함부로 가볍게 이야기하는 걸 도저히 참을 수 없는 나는 이런 환자들을 만나면 꼭 이야기한다.

"사람은 누구나 죽어요. 우리 모두 똑같은 목적지를 향해 가고 있죠. 다만, 다른 스피드로 가고 있는 거예요. 어떤 사람은 예정보다 빨리, 어떤 사람은 예정대로 가요. 그건 하늘의 뜻이고 아무도 모르는 일이에요. 그래서 저는 하루하루 치열하게 살아요. 더 많은 걸 해 보려고 하고, 더 행복하려고 노력하고, 더 많이 웃으며 즐기려고 하고, 또 가족들과 시간을 많이 보내기 위해서 노력해요. 그러다 보면 1분이라도 슬프고 화가 나는 게 아까워요.

지금의 상황이 정말 억울하고, 분하고, 속상하고, 슬프다는

"제가 도와드릴게요.
저는 당신을 위해 여기 있어요."

거 이해해요. 하지만 정말 얼마 남지 않은 시간이라면 이렇게 보내고 싶으세요? 후회하지 않겠어요? 조금이라도 가족이나 친구들과 행복한 시간을 보내고 싶지 않으세요? 충분히 가능해요. 할 수 있어요. 제가 도와드리고 싶어요. 우리는 당신을 위해 여기 있어요."

이런 이야기가 항상 통하면 좋겠지만, 환자의 정신 상태에 따라 결과는 다르다. 그럴수록 나는 항암 간호사로서 더 책임감을 느낀다. 항암 간호사는 그저 항암제를 주는 사람에 그치는 게 아닌, 환자의 마음을 조금이라도 긍정적으로 바꿔서 남은 시간을 의미 있게 보낼 수 있도록 도와줄 의무가 있다. 이런 일들을 겪으며 항암 간호사로서 내 마음을 더욱 단단하게 만드는 수련이 필요함을 깨닫게 됐다. 단순히 생각했던 항암 간호사 생활이지만 경력이 쌓일수록 그 무게감과 책임감이 막중해졌다.

불공평한 죽음

환자를 간호하다 보면 특히 마음이 가는 환자들이 있다. 열아홉 살에 처음 항암 치료를 시작해 2년이 지나 성인이 될 때까지 간호를 맡은 한 환자는 세게 안으면 부서져 날아갈 듯 예쁜 소녀였다. 암 전이를 막는 치료를 마친 지 이제 겨우 3개월이 지났을 때 그 환자가 다시 내원했다. 무슨 일이 생긴 걸까 불안한 마음에 바로 환자에게 달려갔다.

"다시 암이 생겼어요. 폐랑 간에도 다 번졌대요. 나 오래 못 살아요."

나의 어린 환자는 그 예쁜 눈으로 눈물을 흘리며 엉엉 울었다. 그녀의 세상이 무너져 내리는 게 보였다. 그런 그녀를 꼭 안아 주며 어느새 나도 울고 있었다.

"지금까지 잘 이겨 냈잖아요. 이번에도 할 수 있어요. 우리 이렇게 생각해요. 당신이 다른 사람들처럼 하루를 뻔하게 사는 게 아닌, 정말 재밌게 시간을 압축해 보내길 바라서 신께서 당신의 시간을 가져가는 거라고. 다른 사람들은 그저 흘려보낼 수 있는 날들이지만, 남들보다 하루하루 몇 배로 더 재밌게 살라고 시간을 줄이셨나 봐요. 이렇게 슬퍼할 시간이 없어요. 저는 당신이 귀중한 시간을 슬퍼하면서 보내기보다 하고 싶은 거 원 없이 하고 재밌고 즐거운 경험 쌓으면서 좋은 시간을 만드는 데 썼으면 좋겠어요. 저는 항상 여기 있을 거예요. 언제나 옆에서 당신을 도울 거예요. 그러니 울지 말고 씩씩하게 전처럼 잘해 봐요, 우리."

그 환자를 보내고 담당 의사와 이야기를 나눴다. 현재 상태로서는 이번 여름을 넘기기 어려울 것 같다고 했다. 남은 시간은 기껏해야 몇 개월. 앞날이 핑크빛으로 펼쳐져야 할 꽃다운 나이에 암이라는 무거운 짐을 지게 된 환자가 너무 가여웠다. 너무나도 일찍 찾아온 죽음 앞에서 환자가 누리지 못할 모든 것들을 생각하니 내가 다 억울하고 세상이 불공평하게 느껴졌다. 그래도 어쩌겠는가? 나는 항암 간호사로서 그녀를 위해 강해져야 했다. 그 환자가 나에게 기대 언제든지 울 수 있도록. 내 앞에서만큼은 마음 편히 아픔을 토로할 수 있도록. 그 권리마저 그녀에게서 빼앗고 싶지 않았다.

환자에게서 우리 엄마의 모습을 보았다

파란 눈동자에 흰 피부, 그리고 검은 머리가 예쁘게 어울리던 사람. 비슷한 나이 또래라 그런지 보고 있으면 왠지 우리 엄마를 떠올리게 해 정이 가는 환자가 있었다. 러시아에서 온 그 환자는 영어가 서툴러 처음엔 힘들어했지만, 천천히 끝까지 들어주는 나를 편안해하며 나에게 의지했다. 내원할 때마다 짧은 영어지만 서로 찰떡같이 알아들으며 여러 이야기를 나눴다. 그러다 보니 서로의 가족 이야기도 들려주고 각자의 일상을 시시콜콜 공유할 정도로 많이 가까워졌다.

그러던 어느 날, 항암 치료가 끝나고 얼마 지나지 않았는데 그 환자가 또다시 내원했다는 소식을 들었다. 좋은 일은 아닐 거라는 불길한 기분에 하던 일을 멈추고 환자가 있는 진료실로 급하게 달려갔다. 문을 연 순간, 환자의 너무나도 충격적인 모습에 말문이 턱 막혔다. 항암제 부작용으로 그 예쁘던 검은 머리가 다 빠지고 온몸이 퉁퉁 부어 있었다. 항암제를 맞은 지 고작 이틀밖에 지나지 않았는데 사람의 모습이 이렇게 달라지다니. 한순간에 쇠약해진 환자를 보며 너무 슬프고 마음이 아팠다.

나에게 항상 이야기하던, 다른 나라에 살고 있다던 환자의 딸도 자신의 엄마의 마지막을 예감했는지 병원에 왔다. 죽음이 바로 코앞까지 다가왔음을 직감한 걸까. 나와 비슷한 또래로 보이는 그 딸과 눈이 마주친 순간, 우리는 무언가 통한 듯 동시에 눈물을 터뜨렸다.

담당 의사는 이런 상태로는 더 이상 항암 치료가 불가능하다고 결정하고, 호스피스 치료(임종을 앞둔 환자가 평안한 죽음을 맞을 수 있도록 수명을 연장시키는 목적이 아닌 병고를 덜어 주고 심리적 안정을 도와주는 치료)를 시작하기로 했다. 그날, 나는 정말 많이 울었다. 환자를 위해 내가 더 이상 할 수 있는 일이 없다고 생각되면서 한없이 작아지는 나를 느꼈다. 그 사실이 견딜 수 없이 슬펐다.

다음 날, 환자의 모습이 계속 머릿속에 맴돌아 안부가 궁금해 전화를 했다. 이야기를 나누고 싶었지만 환자의 지인이 받았고, 몸 컨디션이 너무 좋지 않아 이야기를 나눌 수 없을 것 같다고, 마음만 고맙게 받겠다는 말을 대신 전해 왔다. 아쉬움과 걱정을 뒤로하고 나는 다음 주에 다시 전화를 했다. 이번에는 환자의 딸이 받았다. 하지만 역시나 몸이 좋지 않아 전화를 받을 수 없다는 말이 돌아왔다. 걱정이 커진 나는 그다음 주에 또 전화를 했다. 기대와는 달리 이번에는 환자의 친척 중 한 사람이 전화를 받았다.

"안녕하세요. 저는 환자 분의 간호를 맡았던 리연 간호사입니다. 몸은 좀 어떠신지 궁금해 전화했습니다. 혹시 통화가 가능할까요?"

"안녕하세요. 계속 전화했었죠? 그런데… 지난주 금요일에 집에서 돌아가셨어요."

심장이 덜컥 내려앉는 느낌이었다. 전화를 하지 못할 만큼 몸 상태가 많이 나쁜 건가 하는 생각에 불안했는데 정말 돌아가셨다니. 얘기를 어떻게 마쳤는지도 모르는 채 전화를 끊자마자 나도 모르게 엉엉 울었다. 더 많이 이야기를 나누고 싶었는데, 더 잘 간호하고 싶었는데 이렇게 돌아가시다니. 아쉬움과 슬픔에 눈물이 평펑 쏟아졌다. 다시 한번 꼭 안아 드리고 싶었는데….

환자는 그렇게 떠났지만, 환자가 주고 간 예쁜 마음들은 고스란히 내 마음에 남았다. '최선을 다해 진심으로 정성껏 환자를 간호해야지' 마음을 다잡게 해 준 고마운 환자. 부디 하늘에서는 고통 없이 평온하기를. 지금도 여전히 그 환자가 떠오를 때마다 마음속으로 기도한다.

항암 간호사로서 전하는 조언

특별히 기쁜 일이 있거나 슬픈 일이 있을 때, 돌아가신 할머니가 문득 생각난다. 벌써 몇 년이 흘렀지만 나에겐 할머니가 돌아가셨다기보다는 먼 여행을 떠나신 것 같다는 느낌이 든다. 그날을 아직도 기억한다. 할머니가 돌아가셨다는 소식을 듣고 혼비백산해 한국을 찾았던 때를. 할아버지가 돌아가신 뒤 할머니에게 더 잘해야겠다고 생각했지만, 그 마음보다도 내 앞가림을 먼저 하느라 바빴다. 고된 병원 생활에 치여 나 자신도 제대로 챙기지 못하는 상황 속에서 할머니의 소중함을 잊고 살았다. 돌이켜 보니 연락 한번 제대로 하지 못했다. 모두 다 할머니에게 자랑스러운 손녀가 되기 위해서 한 일들인데. 아직 제대로 효도도 못했는데. 할머니가 이렇게 돌아가시면 안 되는 건데. 왜 할머니가 보고 싶을 때마다 달려가지 않았을까. 가

두 번째
꿈.

176

까이 있을 때 더 많이 챙겼어야 하는데…. 뒤늦은 후회를 하며 나를 원망했다.

그런 일을 겪고 나니 이제는 이 세상에 먼 곳이란 없다는 생각이 든다. 육체적인 거리도 자신의 우선순위에 따라 극복할 수 있는 거 아닐까. 아무리 가까운 곳에 있어도 멀다고 생각하면 먼 거리가 된다. 나는 지금도 뉴욕과 한국은 결코 멀지 않다고, 가고자 하는 마음만 있으면 언제든지 왔다 갔다 할 수 있는 거리라고 생각한다. 비록 같은 나라에 있진 않더라도 마음만은 누구보다 가까이에 있다고. 그런 생각으로 떨어져 있는 거리가 멀게 느껴지지 않도록 매일 마음을 표현하고 사랑을 전한다.

간호사는 생명을 다루는 현장에서 순간의 소중함, 현재를 같이 할 수 있음의 의미를 뼈저리게 느낀다. 내가 간호하는 환자들의 생명에 집중하다 보면 정작 자신의 가족들은 잘 보살피지 못하는 경우가 많다. 이렇게 열심히 바쁘게 일하는 게 모두 사랑하는 사람들과 행복하기 위함인데, 그것들을 자꾸만 뒤로 미루게 된다.

아무리 표현해도 부족한 게 가족에 대한 사랑이다. 지나면 결코 돌아오지 않을 가족과의 시간을 잃고 싶지 않다면 항상 노력하고 표현하고 감사하는 자세를 잊지 말기를. 예고 없이

갑자기 죽음이 닥친다 해도 후회가 남지 않도록 마음 다해 사
랑하기를. 함께하는 시간 안에서 최선을 다해 모든 마음을 쏟
을 수 있기를 바란다.

항암 간호사로서 매 순간

현재의, 시간의, 가족의 소중함을 느끼며

후회 없이 마음을 표현하려고 노력한다.

환자를 통해 자긍심을 얻다

내 아픔을 네가 알아?

화창한 여름날, 환자 한 명이 땀을 뻘뻘 흘리며 힘겹게 병동으로 들어오는 게 보였다. 다가가 인사를 건넸더니 힙합스러운 손짓과 말투로 인사를 건네 왔다.

"안녕하세요. 많이 더우시죠?"

"헤이! 와썹!"

자유분방한 환자들을 많이 봤던 터라 당황하지는 않았지만, 인사만으로도 뭔가 심상치 않을 것 같다는 예감이 들었다. 경력이 쌓이며 덩달아 같이 늘어 가는 건 무슨 일이 일어날지 예측할 수 있는 촉이 발달한다는 것이다. 그리고 슬프게도 그 촉은 빗나간 적이 없었다.

채혈 준비를 하고 환자에게 다가갔다. 간단히 내 소개를 하고 바늘을 넣을 준비를 하며 환자에게 이야기했다.

"하나, 둘, 셋 하고 나면 호흡을 크게 들이쉬었다가 내쉬세요. 내쉴 때 바늘이 들어갑니다."

숫자를 세고 바늘을 넣는 순간, 환자가 "아악!" 하며 크게 소리를 질렀다. 그 소리가 얼마나 컸는지 병동에 있던 모든 환자들의 시선이 쏠렸다. 나중에 안 사실이지만 그 환자는 소위 상습범이었다. 고분고분하게 넘어가는 법이 없는, 어떤 반응을 보일지 예측할 수 없어 항상 간호사들을 곤란하게 하고 힘들게 하는 환자라고 했다.

"죄송합니다. 많이 아프셨나요?"

"아파요! 진짜 너무 아파요!"

"알아요. 아프시죠?"

"안다고? 당신이 뭘 알아요? 항암제 맞아 봤어요? 당신이 내 아픔에 대해 도대체 뭘 안다는 거예요?"

환자는 쩌렁쩌렁 소리를 지르며 막무가내로 따지고 들었다. 신규 간호사일 땐 나보다 덩치가 훨씬 큰 남자 환자가 공격적으로 나오면 지레 겁부터 먹었지만, 경력이 쌓이면서는 이런 상황에 대처하는 나름의 노하우가 생겼다. 나는 환자에게 차분히 이야기했다.

"저는 바늘이 몸속으로 들어갈 때 아픔이 있다는 걸 안다고 말씀드린 것이지, 그 아픔이 어떤 건지 이해한다는 뜻은 아니에요. 바늘이 살을 뚫고 들어가는데 당연히 아프겠죠. 지금 통증 때문에 많이 힘드신 거 알아요. 하지만 저는 지금 당신을 도와주려고 하는 거예요. 당신에게 아픔을 주기 위해 하는 행위가 아니에요. 그러니 내가 당신을 잘 치료할 수 있도록 도와주세요."

"네…. 알겠어요."

항암 치료가 계속되면서 어떤 사람들은 공격적인 성향으로 바뀌는 듯했다. 이런 환자일수록 정확하게 의사를 전달하고 꼭 필요한 대화만 하는 게 중요하다는 걸 경력이 쌓이면서 깨달았다. 그렇지 않으면 말꼬리를 잡고 계속 늘어지며 딴지를 걸기 때문이다. 물론 이렇게 설명을 한다 해도 모든 환자들이 다 이해하는 건 아니었지만, 간호사는 아픈 환자를 치료하고 간호하는 직업이기에 환자들을 배려하고 포용하는 자세가 필요하다는 걸 몸소 느꼈다.

당신 덕분이에요

나라를 막론하고 어딜 가든 간호하기 어려운 환자들이 있다. 미국에서 일을 시작한 지 얼마 되지 않았을 때의 일이다. 정신과 치료 경력이 있는 환자가 내원을 했다. 환자는 생각했던 것보다 병증이 더욱 심했다. 암이 문제가 아니라 항암제를 맞을 수 있는 컨디션 자체가 되지 않았다. 의자에 앉았다 일어섰다를 반복하며 두려움에 떨면서 주위를 서성거렸다. 단 1분도 가만히 앉아 있지를 못했다.

보다 못해 그 환자를 프라이빗룸 안으로 옮겼다. 방 안이 의료진으로 꽉 찼다. 환자의 혈압을 쟀던 조무사, 담당 의사, 담당 펠로우, 담당 전문 간호사, 사회복지사, 음악치료사, 테라피 강아지와 주인, 환자의 남편, 병동 매니저 그리고 나까지. 나는 그날 미국 병원에서 제공할 수 있는 최대의 인력과 관심을 환자에게 쏟아붓는 광경을 목격했다. 환자를 치료하는 내내 정신이 하나도 없었다. 앞으로 받을 치료와 항암제에 대해 설명했지만 환자는 들으려고 하지 않았다. 그 이후로도 환자가 내원할 때마다 같은 상황이 반복됐다. 물론 나보다 경력이 많은 다른 간호사가 맡을 수도 있었지만 모두들 그 환자를 피했다. 짠한 마음에 나는 그 환자를 책임지고 간호했고, 그 후로 환자는 점점 내게 의지하기 시작했다.

환자는 내 인내심의 끝을 시험하게 했다. 너무 스트레스가 커 다른 간호사들에게 도움을 요청하기도 했지만 환자의 성격이 특이한지라 모두 피하고 싶어 했다. 더 큰 문제는 환자가 나에게 적응이 되어 오직 나만 원한다는 것이었다. 나만이 그 환자를 안정되게 할 수 있으니 이러지도 저러지도 못하는 상황이었다. 환자의 입장에서 생각해 보면 내가 끝까지 간호를 하는 게 맞지만, 너무 힘들어서 나도 모르게 절로 눈물이 나올 정도였다.

그러던 어느 날, 어느 정도 항암 치료에 적응을 한 환자가 내게 말을 했다.

"정말 고마워요. 당신이 없었다면 내가 항암 치료를 시작이나 할 수 있었을까요?"

그 말 한마디로 그간의 설움이 모두 풀릴 순 없었지만, 그래도 환자의 두려움과 고통, 불안하고 힘들 마음을 조금이나마 이해할 수 있게 됐다. 그런 상황 속에서도 나를 믿고 꿋꿋하게 항암 치료를 받는 환자의 모습은 내게 항암 간호사로서의 자긍심을 불어넣어 줬다.

'진심'의 중요성

항암 센터에서 똑같이 간호를 받는 환자들이라고 해도 간호사에 따라서 치료 방법이 조금이라도 달라지면 민감하게 반응하는 환자가 있다. 그래서인지 처음에 만나 설명을 들은 간호사에게 의지하는 경우가 많아 처음 간호한 다음부터는 환자의 요청으로 계속해서 그 환자를 담당하게 된다. 모두 환자의 편

두 번째
꿈.

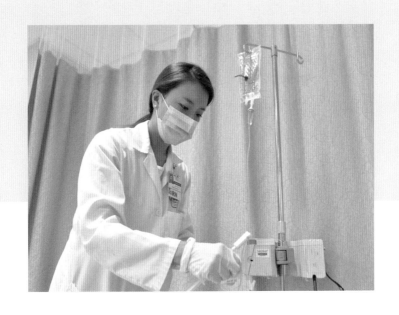

나를 믿고 꿋꿋하게 항암 치료를 받는 환자들의 모습은

내게 '항암 간호사'로서의 자긍심을 심어 준다.

의 그리고 안정감을 위해서다.

어느 날, 항암 치료와 방사선 치료를 병행하는 환자가 내원했다. 훤칠한 키에 은빛 머릿결이 잘 어울리는 사근사근한 남자 환자였다. 내가 담당하는 환자는 아니었지만 몸 상태가 너무 좋지 않아서 기억하고 있었다. 때마침 그 환자를 담당하던 간호사가 휴가차 병원에 나오지 않아 내가 간호를 하게 됐다. 그날은 환자의 상태가 심하게 악화되어 통증 관리를 위해 일주일간 입원했다 퇴원한 후 수분 보충을 위해서 다시 병원을 찾은 첫날이었다.

"안녕하세요. 당신을 담당하던 간호사가 휴가를 가서 오늘은 제가 간호하게 됐어요."

담당 간호사가 갑자기 바뀌어 낯설어 할 것 같아 최대한 친절하게 말을 건네며 주사를 놓으려 했지만, 환자는 귀찮은 듯 대화는커녕 나와 눈도 마주치지 않았다. 주사를 놓고 나서 테이프를 붙이려는데 이 테이프 말고 다른 테이프로 교체해 달라, 다른 간호사는 이 테이프 안 썼다, 내가 항상 쓰던 테이프가 따로 있으니 빨리 찾아와라 하며 계속 짜증 섞인 목소리로 말을 했다. 이후에도 수액 맞는 팔이 너무 아프니 당장 빼 달라며 내내 소란을 피웠다.

착해 보이던 환자였는데 갑자기 돌변한 이유가 무엇인지 궁금했다. 다른 간호사가 말하길 입원해 있는 동안 병동 간호사들을 모두 싫어했고, 간호사를 바꿔 달라 병동을 바꿔 달라 여러 번 항의하고 소란을 피웠다고 했다. 나는 다시 그 환자에게 다가갔다. 그리고 내가 먼저 마음을 열었다. 환자의 손을 잡고 이야기를 했다.

"많이 힘들죠? 그래도 치료는 받아야 하잖아요. 저한테 많이 화가 나 있다는 거 알지만, 당신 자신을 위해서 오늘 수액 치료를 꼭 받고 갔으면 좋겠어요. 불편한 부분 없도록 최선을 다해 간호해 드릴게요."

다행히 환자는 무사히 치료를 끝내고 퇴원했고, 몇 주의 시간이 흘러 그 환자의 존재도 잊혀 가고 있을 무렵이었다. 여느 날처럼 바쁘게 일하고 있는데 불쑥 그 환자가 나타나서는 나에게 다가와 인사했다.

"안녕하세요. 저 왔어요."

깔끔하게 정장을 입은 모습이 아주 잘 어울렸다. 치료를 받으러 온 건 아니고 간호사들에게 감사 인사를 하러 왔다고 했다. 그러면서 갑자기 나를 벌컥 안았다.

"당신은 정말 착해요. 내가 당신한테 얼마나 고마운지 몰라요. 당신이 한 모든 일에 감사를 보내요."

이렇게 찾아와 줘서 고맙다고 이야기하며 나도 환자를 껴안았다. 내가 먼저 마음을 열었더니 환자가 나를 기억하고 찾아

진심 어린 태도로 환자를 대하면

환자도 마음을 열고 내게 다가온다.

진심, 그 중요성을 환자를 간호하며 다시금 깨닫는다.

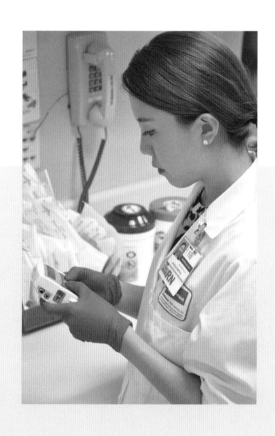

와 주는구나. 환자에게 너무 감사했다. 비록 간호는 힘들었지만, 그 환자로 인해 '환자에게 진심 어린 태도로 다가가야겠구나' 다시 한번 깨닫게 됐다.

나이와 인종을 초월한 우정

간호사로 10년 넘게 일해 오며 수백, 수천 명의 환자를 간호했지만 특히나 기억에 남는 환자가 있다. 파란 눈이 예쁜 70대 할아버지 환자였는데, 매번 보호자인 할머니와 손을 꼭 잡고 암센터로 내원하셨다. 이 노부부는 전담 간호사였던 나에 대해 궁금해하셨다. 어떻게 미국으로 이민을 오게 됐는지, 간호사는 어떻게 하게 됐는지, 앞으로 무엇을 하고 싶은지…. 그런 대화를 나누면서 환자와 나의 사이가 점점 가까워졌다. 공통점이라고는 하나도 없었지만 인종과 나이를 초월해 이렇게 우정을 쌓을 수 있다는 것에 새삼 놀라며 어느새 두 분은 나에게 친구 같은 존재가 됐다.

어느 날은 내가 쓴 책을 선물로 드렸는데 한국어를 알지 못해도 상관없다며 대단하다고, 자랑스럽다고 기뻐하시는 모습에 너무 감사했다. 그리고 며칠 후, 나에게 조그마한 편지를 하나 건네주셨다.

"당신 팬에게서 받은 거예요."

내 고향인 제주도에서 이민 오신 한인 아주머니께서 나에게 보내는 응원의 메시지를 담은 손편지였다. 같은 고향 출신으로서 자랑스럽고, 부모님께 항상 효도하는 걸 잊지 말라는 당부가 담겨 있었다. 노부부는 시간이 있을 때마다 동네를 돌며 한인들을 찾아 내 책을 홍보해 주셨다. 나중에 듣기로는, 자신의 담당 간호사라고 이야기하며 자랑스럽게 내 소개를 하셨다고 했다. 그분들의 열혈 홍보는 내가 아기를 낳을 때까지 계속 됐다.

시간이 흘러 아기를 낳고, 출산 휴가를 받고, 육아를 하고, 강연 일정이 생겨 한국에 들어가고…. 정신없는 나날들이 이어지며 도통 이메일을 확인할 여유가 없었다. 그분들의 소식도 들은 지 오래였다. 한국에서의 일정이 모두 끝나고 다시 미국으로 돌아가기 전, 드디어 오랜만에 메일을 확인했다. 하나하나 훑어보는데 눈에 띄는 이름이 있었다. 익숙한 성, 바로 그 할아버지의 보호자인 할머니에게서 온 메일이었다.

메일을 확인하기 전부터 이상하게 불안했는데, 아니나 다를까 그 메일은 할아버지의 장례식 안내 메일이었다. 어찌나 속상하고 마음이 아프던지 나도 모르게 눈물이 절로 흘렀다. 내가 간호했을 때만 해도 정정하시던 분이 어떻게 갑자기 세상을 떠나게 됐는지 상상이 되지 않았다. 휴대폰을 꺼내 그 노부부와 함께 찍은 사진을 찾아봤다. 마지막을 함께하지 못한 게 너무 안타까웠다.

미국에 돌아가자마자 병원 매니저와 제일 먼저 그 환자에 대한 이야기를 나눴다. 마지막 내원했을 때 몸 컨디션이 너무 좋지 않았고, 그런 와중에도 내 소식을 물으며 나를 계속 찾으셨다는 이야기에 가슴이 미어졌다. 비록 끝까지 함께할 순 없었지만, 지금도 그 환자의 사랑과 마음을 생각하면 너무나 감사한 마음이 크다. 잊을 수 없는, 내가 정말 사랑했던 환자. 그 노부부를 통해 나이와 인종을 초월한 우정이 존재한다는 걸 마음 깊이 느낄 수 있었다.

이 여름만은 놓치고 싶지 않아요

"안녕하세요. 하하하!"

쩌렁쩌렁한 목소리, 호탕한 웃음소리와 함께 내원한 백발의 환자는 82세라는 나이가 무색하게 에너지가 넘쳐 보였다. 호감 가는 외모에 쏙 들어가는 보조개, 그리고 은색 머리까지 멋지게 잘 어울리는 환자였다. 담당 간호를 맡게 되며 환자와 나의 인연은 시작됐고, 나는 어느새 그 환자가 좋아하는 간호사가 됐다.

　어느 날 환자와 보호자가 함께 말싸움을 하며 병동으로 들어왔다. 치료 서약서에 사인할 때 분명 세 번의 치료만 받고 끝낸다고 했는데 왜 여섯 번이나 받아야 하냐고, 절대 세 번 이상 치료받고 싶지 않다고 했다. 호출을 받고 담당 의사가 등장했다. 치료를 여섯 번 받아야 한다고 설득했지만 환자는 완강했다. 혹시나 하는 마음에 환자의 치료 동의서를 찾아봤다. 분명 여섯 번이라고 쓰여 있었지만 소통 과정에서 문제가 있었던 게 아닐까 싶었다. 말싸움을 하던 보호자가 말이 안 통한다며 화가 나서는 밖으로 나가 버렸다. 나는 슬며시 환자에게 질문을 건넸다.

　"왜 치료를 빨리 끝내고 싶으신 거예요?"

　"나는… 나는 꼭 이 여름을 멋지게 보내고 싶어요."

　뭔가 사연이 있는 듯해 이야기를 계속하도록 가만히 듣고 있었다. 그러자 말을 이었다.

　"사실 나에게 여자친구가 있어요. 그녀를 정말 좋아해요. 그녀랑 더 좋은 시간을 보내고 싶어요. 그런데 지금 내 모습 좀 봐요. 머리카락은 이렇게 다 빠지고, 힘도 하나도 없어요. 항암 치료받고 나면 3일은 집에서 잠만 자고, 잠자느라 밥맛도 없고, 아무것도 못해요. 그런 나한테 이 힘든 치료를 더 받으라고

두 번째
꿈.

192

요? 내 머리는 더 빠질 거고, 나는 이제 내 외모에 대한 자신감도 없어지려고 해요. 나는 벌써 82세예요. 82세라고요. 이렇게 멋진 여름이 언제 또 오겠어요? 여자친구랑 이 여름을 멋지게 즐기고 싶다고요."

환자의 말을 듣고 나는 천천히 말을 이어 나갔다.

"머리가 많이 빠져서 속상하시죠? 하지만 치료가 끝나면 다시 자라나니 너무 걱정 마세요. 몇 달만 기다리면 다시 예쁜 머리가 자라날 거예요. 이 여름을 여자친구와 함께 즐기고 싶어 하는 마음도 알겠어요. 이 예쁜 여름이 다시 돌아오지 않을 것만 같은 불안함도 이해해요. 하지만 치료를 마무리한다면, 올해뿐만 아니라 그 후에 더 아름다운 여름들이 여러 차례 기다리고 있을 거라는 걸 아셨으면 좋겠어요. 내년 여름은 더 아름답고 좋을 거예요."

환자는 내 이야기를 차근차근 들더니 치료를 더 받겠다며 마음을 돌렸다. 보호자가 눈이 동그래져서는 내 손을 꼭 잡으며 감사의 말을 전했다. 환자의 치료에 도움이 된 것 같아 기쁜 마음에 나도 손을 맞잡았다. 그렇게 시간은 흘러, 드디어 마지막 치료 날이 왔다.

"마지막 치료 축하해요! 오늘 축하 파티 어디서 해요? 저도 가고 싶어요."

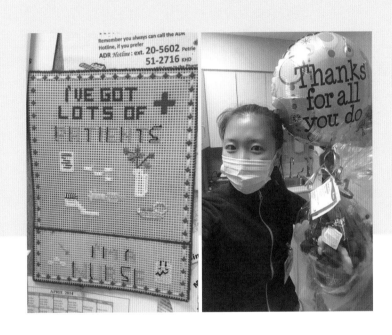

환자에게서 받은 고마운 마음들.

해야 할 일을 했을 뿐인데

다 덕분이라며 선물을 주실 때면

'내가 더 잘해야겠다'고 다짐 또 다짐한다.

두 번째

꿈.

나는 신나서 농담을 건넸고, 환자는 고맙다며 나를 꼭 껴안았다. 그 포옹에서 삶에 대한 열정이 가득 느껴졌다. 환자가 꼭 멋진 여름을 보내기를 기도했다. 그 환자를 통해 매해 무심히 보내곤 했던 계절이 문득 소중하고 아름답게 느껴졌다. 환자들의 삶에 대한 절박함, 간절함을 통해 나는 많은 걸 배워 가고 있었다.

남은 시간을 소중하게 보내세요

한창 바쁘게 일하고 있던 어느 날, 한 환자가 병동에 들어서는 순간 병동에 있던 간호사들의 얼굴이 일제히 찌푸려졌다.

"이게 무슨 냄새야?"

"환자가 새로 왔는데 두경부 암이야. 두경부 암 환자한텐 항상 그 냄새가 나."

"내가 들어가 볼게."

지독한 냄새가 코를 찔렀다. 환자에게서 나는 냄새였다. 모든 간호사들이 그 환자의 진료실에 들어가는 걸 꺼렸고, 이비인후과 경력이 있던 나는 내가 들어가 보겠다고 했다. 환자의 목은 붕대로 감겨 있었고 핑크색 액체가 붕대에 스며들고 있었다. 냄새의 근원이었다. 나는 아무렇지 않은 듯 다가갔지만 환자가 먼저 나에게 말을 건넸다.

"냄새 지독하죠? 이 냄새 때문에 사회생활을 못하겠어요. 너무 힘들어요. 대인기피증까지 생기려고 해요."

"저는 이비인후과 병동에서 일했었어요. 그래서 당신 같은 환자 분을 많이 간호해 봤어요. 그러니 걱정 마세요. 최대한 도와드릴게요."

환자는 냄새 때문에 극도로 예민해져 있는 상태라 마음을 열기가 쉽지 않아 보였다. 두경부 암 환자의 예후에 외모가 미치는 영향이 크기 때문에 환자가 제일 고민하는 부분을 최대한 빨리 해결해 주고 싶었다. 나는 담당 의사와 상담해 상처 전문 간호사와 환자를 연결했고, 몇 달간 냄새로 고생하던 환자의 문제를 해결할 수 있었다. 그 후로 환자는 내게 마음을 열었고, 내원할 때마다 자신의 이야기를 들려줬다. 환자의 부인은 아기를 낳고 얼마 되지 않아 세상을 떠났고, 지금은 딸과 둘이 살고 있다고 했다.

"우리 딸, 이제 겨우 열여섯 살인데 어떡하면 좋을지 모르겠어요."

"저도 아기가 있어요. 정말 사랑스러워요. 아기가 너무 소중해서 더 오래오래 행복하고 싶고 같이 있고 싶은데, 만약 저에게 무슨 일이 생겨 그러지 못하게 되면 어떡하지? 하는 생각이 들었어요. 그러다 보니 저에게 주어진 시간이 더 소중하게 느

두 번째

꿈.

껴졌어요. 그래서 어떻게 하면 이 시간을 의미 있게 보낼 수 있을까 생각하다가 최근에 버킷 리스트를 만들었어요. 당신도 한번 버킷 리스트를 작성해 보는 건 어때요? 딸과 함께 하고 싶은 것들을 하루에 하나씩 해 보면서 행복했으면 해요. 시간을 부질없이 흘려보내지 말아요, 부디."

"그럼 뭘 해야 할까요?"

"거창하게 생각하지 말고, 소소한 일상을 함께 보내면 어떨까요? 영화를 보러 간다거나, 드라이브를 하면서 대화를 나눈다거나, 맛있는 걸 먹으러 간다거나 하는 것들요. 별것 아닌 일이지만 당신이 그동안 하고 싶었던 것들을 작은 것부터 하나씩 해 보는 거예요."

그 후로 환자는 버킷 리스트를 작성했고, 그것들을 차례차례 이루느라 바빠 보였다. 물론, 환자의 컨디션이 급격히 안 좋아지기 전까지 말이다. 환자는 회복하겠다는 집념이 굉장히 강했다. 치료를 받으러 올 때마다 상태가 나빠지고 있음에도 불구하고 항상 조금씩 좋아지고 있다고 대답했다. 환자는 끝까지 부정(Denial) 단계에 머물러 있었다. 그 어떤 도움도 마다했으며, 호스피스 치료도 받아들이지 않았다. 환자는 임종 한 달 전까지 일을 했고, 결국 그렇게 집에서 죽음을 맞이했다.

죽음을 받아들이는 건 나이에 상관없이 힘든 일이다. 그래도 나는 환자들이 남아 있는 시간을 헛되이 보내지 않았으면 좋겠다. 그래서 소중한 사람들과 조금이나마 의미 있는 시간을 보낼 수 있도록 버킷 리스트를 권하곤 한다. 그 꿈들을 이루는 상상을 하며 집중하다 보면 어느새 고통스러운 마음이 사라지고 삶에 대한 열의가 피어오르기도 할 테니까. 그런 시간들을 통해 환자들이 힘든 고통 속에서도 하루하루를 행복하게 보냈으면 하는 바람이다.

두 번째

꿈.

죽음을 받아들이는 건
나이에 상관없이 힘든 일이다.
그래도 나는 환자들이
남아 있는 시간을
헛되이 보내지 않길 바란다.

흘러가는 시간을 의미 있게, 버킷 리스트

죽기 전에 하고 싶은 일을 적은 목록, 버킷 리스트.

항암 간호사로서 생사의 경계를 헤매는 환자들을 겪다 보면 지금 현재, 시간의 소중함을 마음 깊이 느낀다. 그래서 언제부턴가 버킷 리스트를 작성하기 시작했다. 다이어리에 하고 싶은 것, 이루고 싶은 꿈을 적어 두고 펼쳐 보며 꿈을 실현해 가는 내 모습을 상상한다. 나에게 있어 버킷 리스트는 매일을 열심히, 최선을 다해 살아가게 하는 크나큰 동력이다.

흘러가는 시간을 아깝지 않게 보내고 싶다면 버킷 리스트를 작성해 보는 건 어떨까. 꼭 거창한 목표라거나 원대한 꿈이 아니어도 좋다. 일주일에 세 번 운동하기, 한 달에 한 권 독서하기, 여행 가기, 자격증 따기…. 가볍게 실천할 수 있는 것부터 시작해 목록을 하나하나 지우다 보면 어느 순간 하루하루를 의미 있게 채워 나가는 자신을 발견할 수 있을 것이다.

MY BUCKET LIST

Date.   .   .   .

No	목표	달성일
1		
2		
3		
4		
5		
6		
7		
8		
9		
10		
11		
12		
13		
14		
15		
16		
17		
18		
19		
20		

꿈을 향한 도전은 계속된다

임신한 간호사의 암 병동 생활

"항암제를 다루는 간호사인데 일을 하면서 임신을 한다고?"

그냥 듣기로는 위험천만한 일처럼 보일 수밖에 없다. 비단 일반인들에게뿐 아니라 의료진의 시선에서도 항암제를 다루면서 임신을 한다고 하면 태아에게 좋지 않을 거라는 인식이 크다. 나 역시도 처음엔 '혹시나 건강하지 않은 아이가 나오면 어떡하지?' 걱정이 컸다. 하지만 미국 항암 병동의 안전한 시스템을 몸소 겪으면서 마음을 놓을 수 있었다.

우선, 항암제를 줄 때 항암제가 공기에 노출되지 않게 하는 장치가 있어서 간호사들이 항암제에 직접적으로 노출될 확률이 적다. 혹시나 항암제를 미숙하게 다루거나 혹은 주사기로 일부러 항암제 백(Bag)을 뚫지 않는 이상 노출될 우려는 없다. 임신 당시 내가 일했던 병동 역시 피부에 닿거나 공기에 노출돼 들이마셨을 때 태아에 기형을 일으킬 수 있는 항암제의 경우 임신한 간호사가 다룰 수 없게 되어 있었다. 그래서 실제로 내가 임신해 있는 동안 태아에게 위험할 수 있는 항암제를 줘야 하는 경우엔 다른 간호사들이 나를 대신해 환자들에게 약을 투여했다.

사실 이런 문제보다도 내가 정말 힘들었던 건 임신 중에 일을 하는 것이었다. 몸이 너무 피곤했지만 그 상태에서 퇴근 후에 학교 과제를 하고 시험을 준비하느라 정신이 없었는데, 거기에 하루 종일 입덧에 시달리는 바람에 더 힘들고 고통스러웠다. 나는 왜 이렇게 유별나게 입덧 증상이 심한지 억울하기까지 했다. 하지만 임신 5개월쯤 됐을 때 그런 증상이 없어져 무리 없이 근무할 수 있었다.

미국인들은 산후 조리원을 이용하지 않고, 심지어 그게 뭔지조차도 모르는 사람들이 많다. 아기 낳고 바로 일하는 그들에게는 생소한 외국 문화일 뿐이다. 산후 조리원 없이 회복이 가능할까 걱정됐지만, 출산 시기에 맞춰 엄마께서 미국에 오셔서 도와주신 덕에 문제 없이 조리를 잘 마칠 수 있었다.

내가 일했던 병원은 유급 휴가인 경우 6주, 제왕 절개를 했을 경우 8주의 출산 휴가를 쓸 수 있게 되어 있었다. 또한 FMILA 제도(가족 의료 휴가법. 생후 12개월 미만의 아기가 있는 부모들에게 주어지는 세 달간의 무급 휴가. 그 기간 동안 공석으로 남겨

임신한 상태로 일하랴, 학교 가랴, 시험 준비하랴….

육체적으로도 정신적으로도 힘든 시간을 보내며

새삼 '엄마'들의 위대함을 느꼈다.

두기 때문에 휴가 기간이 끝나면 그대로 복귀할 수 있다)도 있어 임신을 하고 출산을 하고도 내 포지션이 보장됐다. 그래서 나 역시 출산 후에도 무리 없이 간호사 생활을 이어 갈 수 있었다.

엄마는 학교 간다

미국 병원에서는 간호사들이 마음껏 공부할 수 있도록 지원을 톡톡히 해 준다. 병원에 따라 다르지만, 월급과는 별개로 학비를 전액 지원해 주는 곳도 있다. 그래서 실제로 일하며 공부를 병행하는 간호사들이 많다. 간호학사가 있으면 당연히 월급도 오르고 다른 병원으로 옮길 수 있는 기회도 많아지기 때문이다.

미국에서 몇 년 근무하던 나도 영어가 편해지자 공부를 해야겠다는 생각이 들었다. 특별히 어떤 커리어를 키워야겠다는 생각은 없었지만 선택지를 다양하게 열어 두면 좋을 듯해서 일단 시작해 보기로 했다. 고민 끝에 펜실베이니아 주립대학교에 지원을 했고 운이 좋게 합격했다. 그런데, 한국에서 대학을 다니며 받은 학점을 모두 인정해 주지 못한다는 게 아닌가?

주로 간호 전문 학사가 있는 미국인들은 'RN to BSN'이라는 과정을 통해서 간호대에 편입해 1년 정도 공부를 하고 학사를 취득하게 된다. 하지만 나는 한국 간호대에서의 학점이 인정되지 않아 간호학 4년 과정을 처음부터 들어야 했다. 한국에서 간호대를 3년이나 다녔는데 다시 신입생이 되어서 4년을 더 다녀야 한다니 너무 억울했다. 눈앞이 캄캄해져서 다른 방법을 찾아볼까 했지만, 나는 이미 이 학교의 졸업생이 된다는 기대에 부풀어 다른 학교를 알아보고 싶은 생각이 전혀 없었다. 비록 한국, 미국 두 개의 간호사 면허증이 있고 6년이라는 간호사 경력이 있지만, 결국 난 미국 간호대의 신입생이 되기로 결심했다.

그래서 간호학 4년의 신입생 과정을 시작했다. 조금은 무리해서라도 최대한 빨리 끝내고 싶어 한 학기에 5~6과목을 풀타임으로 들었다. 그래서 내 하루는 일, 과제, 시험만 계속해서 반복되는 단순한 일상이 됐다. 한번은 인사과에서 매니저에게 전화가 왔다.

"이 사람 학사 과정 승인해 준 거 맞아요? 어떻게 풀 타임 공부, 풀 타임 근무를 할 수 있어요? 이 사람 잠은 자요?"

그 정도로 말도 안 되는 스케줄을 소화하며, 병원 사람들에게 말 그대로 '초인'과 같은 시선을 받으면서 일도 공부도 계속 함께 이어 나갔다. 그 과정에서 임신을 하게 됐지만, 아기에게 너무 미안하게도 학교 과제에 매진하느라 제대로 된 태교도

두 번째 꿈.

206

'이 졸업장의 영광을
내 주위 사람들에게 돌립니다.
앞으로 더 좋은 간호사가 될게요.'

하지 못했다.

"미안해, 아가야. 네가 세상에 나오면 그동안 못 놀았던 것까지 모두 합쳐 엄마가 더 신나게 놀아 줄게."

하지만 아기를 낳고도 학교 과제는 계속됐다. 수유하고 과제하고, 아기 재우고 과제하고, 놀아 주다 말고 과제하고…. 그렇게 영원히 끝나지 않을 것만 같던 나날들이 흘러 드디어 졸업을 하게 됐다. 입학할 때에는 우등생이었지만, 졸업할 즈음에는 임신과 출산이 겹쳐 성적이 바닥을 쳤다. 그래도 졸업한 게 어디야 싶었다. 이 졸업장은 비단 나만의 것이 아니었다. 나를 지원해 준 남편, 우리 가족들 그리고 아기 덕분이었다. 응원해 준 가족들에게 진심으로 고마웠다.

나, OCN이야!

미국 항암 병동에서 일하는 간호사들에게는 특별히 요구되는 시험이 있다. 바로 항암제에 대해 보다 심도 있게 공부해야 하는 'OCN(종양간호사)'이다. 미국인들도 여러 번 볼 정도로 합격하기가 어렵기로 유명한 시험이다. 내 기준에서도 미국 간호사 시험인 엔클렉스보다 몇 배는 더 어려웠다.

몇 년 동안 항암 병동에서 근무하다 보니 자연스레 항암제

두 번째
꿈.

에 대해서 호기심이 생겼다. 항암제와 그에 따른 부작용 관리까지 알아야 하는 OCN을 공부한다면 환자들에게 더 많은 정보를 줄 수 있을 것 같아 마음먹고 시험 준비를 시작했다. 하지만 역시나 쉽지 않았다. 듣던 대로 너무 어려워 공부하는 동안 스트레스를 많이 받았다. '떨어지면 어떡하지?' 하는 생각이 머릿속을 떠나지 않았다. 더군다나 육아를 하면서 동시에 공부를 하고, 거기에 일까지 해야 하니 여간 어려운 게 아니었다. 내가 많이 힘들어하는 걸 알고, 어느 날 친구가 나를 집으로 초대했다.

"리연, 요즘 괜찮아? 공부하느라 힘들지? 스트레스 많이 받는 것 같아."

"시험에 떨어질 것 같아서 너무 스트레스야. 공부는 열심히 하는데 내가 하고 있는 방향이 맞는 건지 모르겠어서 마음이 많이 불안해."

"합격 못할까 봐 걱정돼서 그러는 거야? 괜찮아. 합격 못하면 다시 보면 되지."

"그래도 꼭 한번에 합격하고 싶어서 그러지."

"괜찮아. 계속 시험 보면 돼. 우리 아빠는 이집트에서 의사였는데, 미국에 이민 와서도 의사가 되고 싶어 하셨어. 그래서 시험을 봤어. 떨어지고 떨어졌지만 계속 도전했고, 결국 여덟 번째 보는 시험에서 합격했어. 그러니까 걱정하지 마. 이번에 잘

"떨어지면 어때?
다시 도전하면 돼.
그러니까 걱정하지 마.
대신 후회하지 않게 열심히 해."

안 돼도 더 공부해서 다시 보면 되는 거야. 우리 아빠처럼 길게 보고 준비하면 마음이 편할 거야. 대신 후회하지 않게 열심히 공부해. 너도 할 수 있어."

친구의 말을 들으며 힘을 냈다. 되든 안 되든 괜찮다, 까짓것 떨어지면 다시 보면 되니까 원 없이 공부하자는 마음으로 집중했다.

대망의 시험 날. '시험이고 뭐고 집에 가고 싶다', '떨어지면 어떡하지. 모두들 실망할 텐데', '아니야, 집중하자 김리연' 온갖 생각들로 불안하고 머리가 복잡했지만 마음을 다잡고 시험에 집중하려고 노력했다. OCN 시험 결과는 바로 나오기 때문에 더 긴장이 됐다. 주어진 시간을 모두 쓰고, 마지막 설문지까지 작성하고 결과를 기다렸다.

"Pass."

믿을 수가 없어서 다시 보고 또 본 네 글자. 너무 행복했다. 멍한 얼굴로 시험장을 나서는데 남편이 꽃다발을 들고 서 있었다. 그제서야 내가 진짜 합격했다는 게 실감이 났다. 눈물이 핑 돌았다.

"리연, 합격이지? 그런 거지? 잘했어!"

나는 아무 말도 못하고 남편을 안고 엉엉 울었다. 공부한답시고 남편한테 소원하고, 아기에게도 잘 못한 것 같아 미안한 마음에 눈물이 났다. 그러면서도 한편으론 마음이 놓였다.

　　시험이란 이렇게 아직도 나를 시험에 들게 하고 정신적으로 괴롭힌다. 그까짓 시험 다시 보면 되는 거라고 생각하지만, 그래도 내 인생에 더 이상 시험은 없었으면 좋겠다.

두 번째

꿈.

피나는 노력 끝에

시험 통과자만 가질 수 있다는 배지를 받았다.

이제 나도 OCN이야!

내 인생은 내가 선택하는 것

당신은 간호사로서 사명감이 있나요?

간호사는 다른 직업에 비해 '사명감'에 대한 질문을 많이 받는다. 과연 나는 사명감을 갖고 있을까? 솔직히 이야기하자면, 나는 사명감을 갖고 간호사를 꿈꾸진 않았다. 하지만 어린 나이에 사명감이라는 큰 무게감을 안고 간호대학을 가는 사람이 과연 얼마나 될까? 만약 그렇다고 해도, 과연 그 사명감이라는 걸 얼마나 이해할 수 있을까?

사명감이라는 건 결심했다고 한번에 생겨나는 게 아니다. 환자를 간호하고 또 경력이 쌓여 가면서 그 의미를 이해할 수 있게 된다. 간호사는 환자들과 살을 맞대고, 기쁨과 슬픔을 같이하고, 환자들을 위해 진정한 눈물을 흘리며 생명의 소중함을 몸소 느끼는 경험을 하게 된다. 그런 시간들이 쌓이면서 사명감에 대한 자신만의 정의나 소명의식도 생겨난다. 나 역시 지금도 사명감에 대해 확실하게 설명할 자신은 없다. 하지만

두 번째
꿈.

내 나름대로 사명감에 대한 정의를 갖고 있고, 그에 따라 내 환자들을 최선을 다해 간호한다.

특히 한국의 경우 간호사들에게 자기 희생을 요구하는 경향이 크다. 오버타임 근무를 해도 수당을 받지 못하는 걸 당연시하면서 사명감 운운하고, 너무 바빠 자신의 건강도 잘 챙기지 못하지만 환자를 먼저 생각해야 진정한 의료인이라는 족쇄가 간호사들을 더 힘들게 한다. 감당하지도 못할 많은 환자들을 돌보며 몸도 마음도 정신도 피폐해져 가지만, 사명감이라는 단어 아래 로봇처럼 씩씩하게 일어나 일해야 하는 게 당연하다고 여겨지는 것이 지금의 현실이다.

결국, 사명감은 '옵션'이다. 물론 있으면 좋지만 없어도 그 사람이 간호사가 아닌 건 아니다. 간호사는 정당한 면허를 갖고 법적 의료 행위를 하는 사람이다. 사람마다 가치관이 다르기 때문에 타인에게 무언가를 요구할 순 없다. 내 인생이 중요한 것처럼 다른 사람의 인생도 중요한 것이다. 누구도 타인에게 희생을 강요해선 안 된다. 그게 당연한 것이라는 분위기로 간호사들을 옥죄는 건 보이지 않는 폭력을 행사하는 것이나 마찬가지라고 생각한다. 이런 전반적인 사회 분위기가 조금씩 바뀌어 가길 바랄 뿐이다.

사명감. 무거운 단어지만

내 나름의 정의를 갖고

최선을 다해 환자를 간호한다.

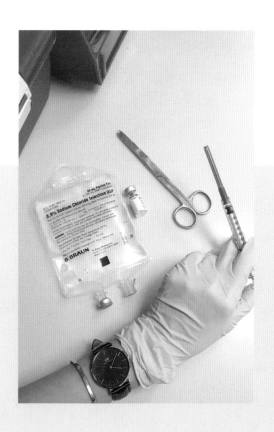

중요한 건 '나이'가 아니다

간호사라는 꿈을 이루고 나서 다른 간호사들의 고민을 듣고 상담해 주기 위해 블로그를 통해 '간호사 상담소' 페이지를 운영하고 있다. 상담소를 운영하며 가장 많이 들은 이야기는 늦은 나이, 그리고 망설임에서 오는 고민이다. 특히 미국 간호사가 되고 나서 제일 많이 받은 질문이 '나이'에 관한 것이다. 여자라서, 결혼 적령기라서 도전하기 두려워하는 간호사들이 많았다. 해외 간호사가 되기를 희망하지만 욕심은 아닌지 고민이 크다며 죄책감까지 느껴진다는 사람도 있었다.

이때야말로 진정으로 인생의 우선순위에 대해 고민해 봐야 할 순간이다. 나이가 많지만 해외 간호사의 꿈도, 결혼도, 임신과 출산도 모두 이루고 싶은 경우라면 생각해 보자. 해외 간호사라는 꿈을 위해 내가 포기해야 할 건 무엇일까? 반대로 얻는 건 무엇일까? 성공할 경우만 생각하고 싶겠지만, 계획대로 되지 않았을 경우도 생각해 똑똑하게 준비해 두어야 한다. 만약 타국 생활이 생각했던 것만큼 만족스럽지 않다면 다시 한국에 돌아갈 수도 있는 것이고, 그걸 '실패'라고 치부하기보다는 더 나은 환경을 찾아 돌아가는 것이라 생각할 수 있어야 한다.

꿈을 이루려고 하는데 고민이 되고 조바심이 나는 건 당연한 일이다. 중요한 건 모든 걸 다 포기하면서까지 해외 간호사가 되고 싶은지 잘 생각해 봐야 한다는 것이다. 해외 간호사는 결코 쉬운 결정이 아니다. 또한 모두에게 정답인 것도 아니다. 사람마다 우선순위에 따라 계획이 달라지기 마련이다. 나는 조언자에 지나지 않을 뿐 결국 선택은 자신의 몫이라는 걸 기억하고, 자신의 상황을 고려해 꼼꼼히 계획을 세워 꿈을 하나씩 이뤄 가기를 바란다.

꿈은 또 다른 꿈을 가져온다

간호사라는 꿈을 이뤘지만, 내가 이룬 꿈은 또 다른 꿈을 꾸게 만들고 또 다른 자리로 가고 싶게 했다. 꿈을 이룬 지금도 나는 여전히 새로운 꿈을 꾸고 있다.

누구나 자신이 바라는 '성공'의 이미지가 있다. 여기서 한 가지 알아 둬야 할 건, 성공의 정의는 내가 꿈을 이뤄 갈수록 바뀐다는 것이다. 예를 들어 간호사를 꿈꾸는 사람의 경우 간호사가 되고 나면 끝이라고 생각할 수 있지만, 하다 보면 자신의 다른 능력들을 발견하게 되고 또 다른 일을 시도하고 싶은 욕심이 생기기도 한다. 그럴 때 그냥 그 기회들을 흘려보내지 말고 도전할 수 있는 용기를 가졌으면 좋겠다. 자신을 '간호사'라는 직업 안에 가두고 이거 아니면 안 된다며 스트레스 받지 않

두 번째
꿈.

꿈을 이루는 데 중요한 건

나만의 우선순위를 정하는 것.

았으면 한다.

간호사 일에 흥미가 떨어졌다가도, 다른 일을 하다 보면 이 일을 내가 얼마나 좋아했는지 발견할 수 있는 시간을 가질 수도 있다. 간호사로 계속 남게 된다고 해도 끊임없이 궁금해하고, 알고 싶어 하고, 배우고, 자신의 능력을 꾸준히 키워 나가길 바란다. 시도하는 걸 두려워하지 말자. 생명을 구하는 우리는 이미 용감한 간호사이니 성공을 위해 과감히 도전해 보길 바란다.

두 번째

꿈.

내가 이룬 꿈은

또 다른 꿈을 꾸게 만들었다.

간호사라는 꿈을 이룬 지금도

나는 새로운 꿈을 꾼다.

나는 여전히 꿈을 꿉니다

알 수 없기에 기대되는 길

뉴욕에 와서 항암 간호사로 일한 지 6년차가 됐을 때 퇴사를 했다. 환자들의 죽음을 목격할 때마다 마음이 동요하는 게 너무 힘들었기 때문이다. 더 이상 죽음을 마주하기도, 힘들어하며 매일 우는 모습으로 아이에게 기억되기도 싫었다. 도통 죽음에 무뎌지지 않는 내 마음을 위한 것이기도 했다.

하지만 무엇보다 가장 큰 이유는 반복되는 일상과 내 커리어에 변화와 발전을 주고 싶다는 마음 때문이었다. 한국에서 온 간호사로서 더욱 발전하고 싶었다. 그저 일반 간호사에만 머무르지 않고, 미국이라는 더 넓은 세계에서도 당당히 서고 싶었다. 어떻게 하면 간호사로 일하면서 내 커리어를 발전시켜 나갈 수 있을까 오랜 시간 고민에 고민을 거듭했다. 간호학생 시절에는 지금의 나처럼 경력이 많이 쌓이면 고민 같은 건 없이 평탄한 날들이 계속될 거라 생각했는데, 전혀 그렇지 않았다. 하고 싶은 것들은 점점 더 많아지는데 시간은 너무 빨리 흘러가는 것 같아 오히려 학생 때보다 더 조바심이 나고, 그러면서 고민도 많아지고 깊어졌다. 간호학생이나 신규 간호사 시절에는 이것저것 시도해 보고 나와 맞지 않으면 다른 것에 또 도전해 볼 수 있는 여유가 있었지만, 지금 내 위치에서는 그만두거나 마음을 바꾸는 게 결코 쉽지 않기 때문이다.

퇴사 후, 고민 끝에 새로 입사한 지금 병원에서는 병동 간호사가 아닌 'Quality and Patient Safety' 팀에 소속되어 있다. 말 그대로 환자의 안전 및 의료 퀄리티를 전문적으로 다루는 일인데, 환자를 직접 간호하는 것도 물론 좋지만 오래 일하다 보니 매니지먼트에도 관심이 많아지면서 이쪽 일을 지원하게 됐다. 이 팀에서는 항암제 처방 확인 간호사(Chemotherapy Verification Nurse)로서 항암제 처방을 확인하고 환자들이 알맞은 치료를 받을 수 있도록 도와주는 역할을 한다. 쉽게 말해 항암제 처방 전문가인 것이다. 병동 간호사로 일할 때보다 전문적인 부분이 많이 요구돼서 배움의 연속이지만, 새로운 걸 알아 갈수록 즐거움도 함께 커진다.

간호사로서의 내 다음 챕터는 간호학생 졸업 후의 경력과는 전혀 다른 모습일 것이다. 병동 간호사가 아닌 이제는 항암 전문가로서 새로운 경력을 쌓고 발전시켜 나가야 하는 단계니

앞으로 나에게 펼쳐질 길은 어떤 모습일까.

알 수 없기에 더욱 기대되고 설렌다.

까. 당연히 두려움도 있지만 설렘이 더 크다. 간호사로 살아가는 이 길에서 또 어떤 것들이 나를 매혹할지, 또 어떤 길로 나아가게 될지 알 수 없지만, 그만큼 다양한 길들이 있어 간호사로서의 인생이 참 재밌고 기대된다.

Fake it till you make it

미국에서 간호사가 된다는 꿈이 나에게는 너무나 크고 소중했기에 이 꿈을 이루고 나면 더 이상 이 세상에 이루고 싶은 일이 없을 것만 같았다. 하지만 그게 아니었다. 꿈을 이루고 나니 또 다른 세상이 열렸고, 앞으로 나아가니 또 다른 기회가 생겼다. 간호사로서 새로운 도전을 한다는 건 항상 긴장되지만, 동시에 흥분과 설렘을 가져다준다. 물론 그 속에는 불안과 걱정도 자리 잡고 있다. 그럴 때마다 나는 나 자신에게 주문을 건다.

"Fake it till you make it(이룰 때까지 그런 척해라)."

간호학생 시절에도 '우리나라에서 제일 크고 좋은 병원에 취직할 거야'라고 생각하며 미래의 내 모습을 상상하곤 했다. 그랬더니 자신감도 생기고, 정말 그 꿈이 이뤄졌다. 미국 간호사를 간절히 꿈꿀 때도 그랬다. 일이 힘들 때마다 '미국 간호사가 되는 데 분명 밑거름이 될 거야'라고 생각하며 버틸 수 있는

힘을 얻었다. 지금까지도 미래에 대해 확신이 없거나 내 능력
에 의심이 들 때마다 저 말을 주문처럼 되뇌며 내가 바라는 내
모습을 그려 보곤 한다. 그러다 보면 언젠간 정말로 그 모습을
향해 나아갈 거라고 믿기 때문이다.

간호사를 소망하는 예비 간호사들, 새내기 신규 간호사들과
경력 간호사 동료들에게 꼭 이야기해 주고 싶다. 원하는 자신
의 모습을 계속 상상하고 꿈꾸다 보면 반드시 그렇게 될 수 있
을 거라고. 생각하는 대로 이뤄지게 될 거라고. 그러니 자신에
게 주문을 걸어 보길 바란다.

Fake it till you make it.

두 번째

꿈.

내가 바라는 내 모습을 상상하며
주문을 외워 본다.
Fake it till you make it.

김리연은 자신의 블로그에서 '간호사 상담소' 페이지를 운영, 간호사의 길을 걸어가는 사
람들의 고민을 상담하며 위로와 응원을 전하고 있다. 책에는 실제 상담소 내용 중 일부를
선별해 실었다.

간호사들의 멘토,

김리연의

간호사
상담소

꼭 대학병원이
목표가 되어야 할까요?

해외 간호사를 꿈꾸는 대학생으로서 고민이 있어 상담 메일을 보냅니다. 해외 병원의 경우 한국에서 일했던 병원의 '이름'보다는 근무한 '파트'를 중요시한다는 이야기를 들었습니다. 저는 ICU(중환자실)나 ER(응급실)에서 근무하고 싶은데, 대학병원은 지원서를 쓴다고 해서 그대로 배정받는 게 아니라고 하더라고요.

우선 공부를 열심히 해 학점을 잘 받아 대학병원에서 근무를 한다면 좋겠지만, 그렇지 못할 경우 2차 종합병원에 들어가 원하는 부서에서 근무를 하는 게 해외 간호사를 꿈꾸는 제게 불이익이 되거나 취업 준비 시 문제가 되는 부분이 있을까요? 이에 대한 선생님 의견은 어떠신가요?

**병원마다 지원 방법이나 합격 기준이
천차만별이기 때문에 원하는 병원을 선택하고
공략하는 것도 하나의 방법이에요.**

해외 간호사를 꿈꾸신다면 꼭 대학병원에서 일하지 않으셔
도 됩니다. 뉴욕 같은 대도시는 취업이 조금 힘들지만, 외곽
지역 병원의 간호사 취업률은 상대적으로 높은 편이에요. 또
한 경력이 없어도 취직되는 경우도 많답니다. 하지만 대도시
병원에 취업하고 싶으시다면 일단 큰 병원에 들어가는 게 좋
겠죠. 다양한 환자와 치료 방법을 접하고, 여러 가지 의료 기
구도 많이 다뤄 볼 수 있으니까요.

하지만 다른 곳에서의 경력을 아예 인정해 주지 않는 병원·
병동도 있어서 좋은 병원이 꼭 해외 취업의 답이라고 말씀드
릴 수는 없어요. 병원마다 지원 방법이나 합격 기준이 천차만
별이기 때문에 원하는 병원을 선택하고 공략하는 것도 방법
이에요. 미국은 병원의 이름보다는 '어떤 경력'이 있는지를 위
주로 보기 때문에 다양한 경력을 쌓는 게 중요해요. 원하는 분
야에서 경력을 쌓을 수 있는 병원을 찾아보고 지원하시면 도
움이 될 거예요.

전문대를 나와서도
원하는 꿈을 이룰 수 있을까요?

식품영양학과 새내기 대학생입니다. 간호사와 관련 없는 학생이지만 선생님께서 제 고민에 대해 조언해 주실 수 있을 것 같아 상담 메일을 보냅니다.

제가 다니는 학교는 흔히 말하는 'SKY'처럼 이름만 들으면 누구나 다 아는 대학은 아니에요. 잘 알려지지 않은 전문대이다 보니 사람들의 시선이 신경 쓰입니다. 선생님께서는 전문대 진학하신 것에 후회 없으신가요? 저도 선생님처럼 노력하면 원하는 꿈을 이룰 수 있겠죠? 덧붙여, 대학교 때 스펙 준비를 어떻게 하셨는지도 궁금합니다.

충분히 보완할 수 있는 부분이에요.
목표를 세워 그에 맞는 스펙을 쌓으세요.

전문대 나왔다고 직접적으로 따가운 시선을 받은 적은 없어요. 졸업 후에도 괜한 자격지심은 있었지만, 특별히 학교 때문에 차별을 받거나 무시당하지는 않았어요. 일반적인 사회 분위기는 명문대를 선호하죠. 그렇지만 학교 이름이 내 모든 걸 말해 주는 건 아니잖아요. 전문대라는 게 계속 신경 쓰인다면 그만큼 공부를 더 한다거나 재수를 준비할 수도 있겠죠. 결론은 본인이 선택하는 거지만, 어떤 식으로든 충분히 보완하고 채울 수 있는 부분이니 너무 걱정하지 않으셨으면 해요.

저는 대학교 때 아침저녁으로 어학원을 다녔고, 방학 때도 영어 공부를 했어요. 외국인 통역이 필요한 국제 행사가 있을 때마다 봉사활동도 했고요. 그렇게 해서 영어에 대한 자신감과 실력을 키웠습니다. 무작정 스펙을 쌓기보다는 어떤 분야에 어떤 게 필요한지 목표를 세우고 계획을 잡으세요. 제가 미국 간호사를 목표로 영어 공부에 매진했듯, 목표를 세워 그에 맞는 스펙을 쌓는 걸 추천합니다.

어렵고 힘든 간호사 생활,
제가 잘 해낼 수 있을까요?

제 꿈은 암 환자를 돌보는 항암 병동 간호사입니다. 외할아버지께서 암으로 투병하실 때, 늦은 새벽에도 불구하고 하나하나 케어해 주시는 간호사 선생님을 보고 꿈을 갖게 됐습니다. 하지만 우리나라 간호사 현실을 보니 제 생각과는 너무 다르더라고요. 치열한 간호학과 입시를 뚫고 들어간 간호대학에서 실습을 하던 중 차별을 받고 괴롭힘을 당하고, 다 이겨 내고 간호사가 됐으나 3교대 근무로 몸은 상하고, 태움은 물론 적은 연봉에 복지도 좋지 않다는 사실이 너무 충격적이었습니다. 이렇게 어려운 간호사 생활을 보고 들으며 과연 제가 잘 해낼 수 있을까 하는 생각이 들어요. 그래서 저처럼 간호사를 꿈꾸는 수많은 간호 학생에게 진심으로 조언 한마디 부탁드리고 싶습니다. 또한 암 환자에게 큰 위로가 될 만한 이야기가 있다면 들려주세요.

간호사

상담소

긍정적으로 바라보려 노력하고
건강하게 생각하는 사람들의 의지가 중요해요.

말씀하신 대로 현재 간호사의 세계는 정말 힘듭니다. 하지만 학생처럼 그 현실을 바꾸려고 하는 간호사들이 늘면서 조금씩 나아지지 않을까 기대해 봅니다. 현재는 간호사의 안 좋은 부분만 말하셨는데, 학생이 직접 경험하셨던 것처럼 좋은 면을 찾아보는 건 어떨까요? 힘든 일, 불합리한 일들이 있는 건 사실이지만 사회생활 어디에나 그런 부분들은 존재하니까요. 하지만 긍정적으로 바라보려 노력하고, 건강하게 생각하는 사람들의 의지를 꺾지는 못하죠. 학생 같은 신규 간호사들이 많아지면서 분위기도 바뀔 수 있다고 생각해요. 그런 생각들이 나중에 정신적으로 힘들 때, 지칠 때 분명 도움이 될 거예요.

저는 암 환자들에게 감성적이고 추상적인 위로보다는 현실적인 목표를 설정해 주는 편이에요. 특히 남아 있는 시간을 보람 있고 소중하게 쓰기 위해 노력하라고 당부합니다. 그래서 꼭 버킷 리스트를 작성해 보도록 추천해요. 자신이 지금 하고 싶은 것들에 집중하다 보면 어느새 슬픔과 암으로 인한 통증이 사그라들고 보람과 기쁨을 느끼는 경우가 많거든요. 제가 간호하는 환자들이 남아 있는 생을 조금이나마 의미 있게 보내길 바라는 마음이 커요.

고등학교를 자퇴하고도
간호사가 될 수 있을까요?

초등학생 때부터 간호사라는 꿈을 키워 왔고, 지금은 아동전문 간호사가 되고 싶은 열여덟 살 학생입니다. 고등학교 진학 후 교내 간호 동아리에서 부장을 맡아 활동했고, 성적도 중상위권을 유지해 왔는데요. 여러 가지 문제에 부딪히면서 학교생활이 너무 힘들어지기 시작했어요. 스트레스 때문에 몸이 많이 아프기도 했고요. 그래서 오랜 고민과 갈등 끝에 자퇴를 하기로 결정했습니다. 검정고시와 수능을 준비해 간호학과에 지원할 생각이에요.

결정은 했지만 솔직히 많이 불안합니다. 힘들어도 계속 버티는 게 맞는 건지, 자퇴가 잘못된 선택은 아닐지…. 여러 생각과 고민이 많아요. 자퇴하고서도 간호사가 될 수 있을까요? 제 선택이 간호사가 되는 데 불이익이 될까요?

Answer

자신이 선택한 결정에 후회 없도록
최선을 다해 원하는 미래를 만들어 가면 돼요.

자퇴는 절대 잘못된 게 아니에요. 일반적인 교육 시스템을 만들어 두고 사람들을 모두 한곳에 모아 똑같은 교육을 시키지만, 당연히 그중에는 그 방식이 맞지 않는 사람이 있죠. 사람은 모두 성향이 달라요. 사회에서는 모두 바닐라 아이스크림만 먹으라고 하지만 어떤 사람은 초코 맛을, 어떤 사람은 딸기 맛을 좋아할 수도 있잖아요. 자신이 선택한 결정에 후회 없게 최선을 다해 원하는 미래를 만들어 가면 돼요. 물론 나만 뒤처지는 것 같아 불안하겠지만 너무 복잡하게 고민 마시고 쉽게 생각하셨으면 좋겠어요. 수그러들 필요 없어요. 어깨 펴고 당당하게 자신감을 가지세요. 잘하실 수 있을 거예요. 자신의 결정에 확신을 갖고 잘 준비해서 꼭 원하는 꿈 이루시길 바랄게요.

Q_{uestion}

간호사가 정말 하고 싶은 건지
모르겠어요.

진로에 대한 고민이 많은 고3 학생입니다. 저는 딱히 원하는
직업이 없어요. 좋아하는 건 있지만 재능이 없어서 포기했고
요. 중학교 때부터 어머니께서 간호사란 직업이 괜찮은 것 같
다고 말씀을 많이 하셔서 조금씩 마음이 가기 시작한 상태입
니다. 그런데 찾아보니 태움이나 선후배 관계, 환자들의 컴플
레인 등 힘든 부분이 엄청 많더라고요. 더욱이 저는 누굴 돌보
고 케어하는 것에 자신이 없습니다. 막연히 응급실이나 수술
실이 멋져 보여서 일해 보고 싶다는 생각만 갖고 있어요.
제가 너무 간호사라는 직업에만 관심을 가지려고 하는 건가
싶기도 해요. 다른 친구들은 하고 싶은 걸 찾아 앞으로 나아가
고 있는데 저만 멈춰 있는 것 같아 불안하고 막막합니다. 어떻
게 해야 할까요?

간호사

상담소

238

내가 좋아하고 원하는 걸 찾아야 해요. 무언가에 흥미를 갖고 알아갈 때, 마음속에 있던 불안감은 점점 작아질 거예요.

우선, 단순히 멋있어서 지원했다가는 정말 큰일 날 수 있는 게 응급실과 수술실입니다. 매일 사람의 목숨이 왔다 갔다 하는 곳이니까요. 물론 적성에 맞고 스트레스 관리가 된다면 괜찮겠지만, 간호사에 대한 확신 없이 지원했다가는 굉장히 힘드실 수도 있어요. 간호사를 하고 싶은지 모르겠다고 하셨는데, 자원봉사를 지원해 간접적으로 병원을 체험해 볼 수 있어요. 간호사 체험 프로그램을 통해 경험해 보시는 것도 좋고요. 학생을 대상으로 하는 직업 체험 프로그램도 많아요.

하지만 일단은 본인이 정말 원하는 게 무엇인지 생각해 보는 게 어떨까요? 진로를 앞둔 학생이라면 대부분 자신의 미래에 대해서 불안해하고 나만 뒤처지는 것 같아서 걱정을 해요. 하지만 저는 모든 걸 시도해 볼 수 있는 나이라고 생각합니다. 인생은 꿈을 찾아서 계속 시도하고, 도전하고, 공부하는 것의 연속이에요. 저도 여전히 꿈을 찾아서 수없이 시도하고 있는 중이에요. 물론 저도 불안하지만, 시도를 하면서 불안해하는 것과 아무것도 하지 않은 채로 불안해하는 건 달라요. 무언가에 흥미를 갖고 그에 대해 알아갈수록 불안감은 작아진답니다. 본인이 좋아하는 그 무언가를 꼭 찾으시길 바랄게요.

체력이 약한 저,
간호사로 일할 수 있을까요?

중3 때부터 간호사란 직업에 관심을 가지기 시작해 현재는 대학병원 소아병동 간호사를 꿈꾸고 있는 고3 학생입니다. 처음 간호사가 되고 싶다는 생각을 했을 때는 운동도 열심히 하고 체력도 좋고 건강했는데요. 고등학교에 입학하고 난 후 공부에 매진하다 보니 매일 앉아만 있고 운동에도 소홀해지면서 지금은 체력이 너무 약해졌습니다. 자도 자도 피곤하고, 위장 장애도 생기고, 어깨 연골에도 문제가 생겼어요.

간호사는 육체적으로도 정신적으로도 힘든 직업이라는 걸 알고 있습니다. 그래서인지 부모님께서도 걱정을 많이 하시고 심지어 다른 직업을 권유하세요. 저 역시도 '버틸 수 있을까?' 생각이 들기도 하고요. 이런 제가 계속 간호사를 꿈꿔도 괜찮을까요?

간호사

상담소

꾸준히 운동하는 습관을 기르세요.
그 노력은 결코 배신하지 않을 거예요.

제 얘기를 먼저 하자면, 저는 원래 체력이 좋은 편이었는데 병원 생활을 하고 나서 운동을 규칙적으로 하지 않으면 안 될 정도로 약해졌어요. 근무하면서 식사를 자주 거르고 스트레스를 받다 보니 저 역시도 위장 장애가 생겼고요. 원래 몸이 안 좋은 건가 생각했는데, 병원을 퇴사하고 휴식을 취하면서 그런 증상들이 없어지는 걸 보며 불규칙적인 식사와 스트레스가 주 원인이라는 걸 깨달았어요.

이런 경험을 통해 느낀 건, 누구도 자기 자신보다 더 자기를 잘 관리하고 간호해 줄 수 없다는 거예요. 본인에게 맞는 운동을 찾아서 끊임없이 몸을 관리하셔야 합니다. 간호사는 마음뿐 아니라 체력도 단련해야 하는 직업이에요. 장기전이고 체력전이라는 걸 잊지 마시고 지금부터라도 꾸준히 운동하는 습관을 기르세요. 그 노력은 결코 배신하지 않을 거예요.

간호대 공부 스트레스에
우울감이 찾아왔습니다.

곧 개강을 앞두고 고민이 많은 간호대 3학년 학생입니다. 간
호사를 희망하면서도 아직까지 이 길이 내 길이 맞나 생각이
들어요. 관련 고등학교를 나와 자연스레 간호학과에 입학했
지만, 1학년 때부터 힘든 시간을 보내면서 지금까지 버텨 왔
습니다. 그런데 그렇게 참아 왔던 게 터진 것 같아요. 시험 기
간마다 극심한 스트레스를 받고 우울감도 찾아옵니다. 다들
인생에 그런 시기가 있고, 스스로 극복해야 하는 일이라고는
하는데 저는 지금 너무 힘들고 어떻게 해야 할지 모르겠습니
다. 선생님의 조언을 듣고 싶어요.

자신에게 맞는 시간 분배 요령을 터득해
스트레스를 잘 풀어 주고 관리하는 게 중요해요.

사람마다 스트레스를 받아들이는 정도는 모두 달라요. '다른 사람들은 괜찮은 것 같은데 왜 나만 이러지?' 싶을 수도 있겠지만, 그건 상대적인 거예요. 남들보다 더 민감한 것이 '잘못'은 아닙니다.

시험 기간에 너무 스트레스를 받으신다고 했는데, 그 스트레스를 풀어 주는 관리가 잘 안 된 것 같아요. 아무리 공부를 열심히 한다 해도 집중할 수 있는 시간은 하루에 4~5시간 정도로 정해져 있어요. 집중이 흐트러졌다 싶을 땐 잠시 공부를 멈추고 운동을 하거나 본인이 하고 싶은 걸 해 보세요. 저는 시험이나 국시를 준비할 때도 하루에 꼭 두 시간씩 운동을 했어요. 그 시간이 너무 즐거웠고, 운동을 하며 공부에서 오는 스트레스를 풀었어요.

자신의 생활 리듬에 맞게 시간을 분배하는 요령을 터득해서 스트레스를 잘 관리하는 게 중요해요. 간호사가 되면 시험의 연속이에요. 그때에도 힘들어하지 않고 잘 생활하려면 지금부터 연습하는 노력이 필요하다고 생각합니다.

어떻게 하면 시간을 효율적으로 사용하면서 영어 공부를 할 수 있을까요?

보건특성화고에 다니는 고3 학생입니다. 현재 간호학과 진학을 목표로 하고 있는데요. 영어 공부가 필수인데 아무리 공부해도 너무나 어렵습니다. 문법은 물론, 외워야 할 단어가 너무 많다 보니 금방 지쳐 포기해 버리곤 해요. 졸업을 앞두고 간호조무사 국가고시 시험도 봐야 하기 때문에 시간이 많지 않아 더욱 불안한 것 같아요. 어떻게 하면 시간을 효율적으로 사용하면서 영어 공부를 할 수 있을까요? 선생님의 영어 공부 팁을 듣고 싶습니다.

흥미를 갖고 매일 꾸준히 하는 게 중요해요.
자신만의 목표를 세우시길 바라요.

영어를 '공부'한다고 생각하면 스트레스를 받을 수밖에 없어요. 우선 흥미를 갖는 게 중요합니다. 저는 무언가에 애정이 있지 않고서는 전혀 공부를 하는 편이 아니었어요. 그런 제가 영어를 좋아하고 잘할 수 있었던 비결은 바로 '팝송'이에요. 좋아하는 외국 가수들의 노래를 듣는 대로 받아 쓸 수 있을 정도로 많이 들으며 모두 다 외웠어요. 노래 가사들이 주로 대화체가 많아 단어만 바꿔 가면서 쓸 수 있다는 장점이 있어서 실질적인 도움이 많이 됐던 것 같아요.

영어 공부는 매일매일 꾸준히 하는 게 중요해요. 저처럼 공부와 재미를 적절히 조율하면 크게 스트레스 받지 않고 공부할 수 있지 않을까 생각해요. 문제집을 풀어도 그냥 무작정 공부하는 것보다 매일 몇 장씩, 언제까지 끝내겠다 하는 목표를 세운다면 꾸준히 공부하는 데 많은 도움이 될 거예요. 힘내시길 바랍니다.

후배를 대하는 방법이
궁금합니다.

열심히 사시는 선생님을 보며 많이 배우고 있는 스물아홉 살 직장인입니다. 선생님의 글을 읽다 보면 확실히 한국보다는 미국의 환경이 좋은 것 같아요. 물론 장단점이 있겠지만, 한국에는 선후배 문화가 있어서 그런지 일이 힘들다기보다 사람이 힘들 때가 더 많더라고요.

선생님은 선배의 입장에서 후배들을 어떻게 대하시나요? 후배에게 일을 잘 알려 주는 방법이 따로 있을까요? 후배에게 여러 번 말했는데도 똑같은 실수를 할 때 어떻게 대처하시는지 궁금합니다. 후배들을 대하며 저 또한 좋은 선배, 후배인지 되돌아보게 돼요. 후배한테 좋은 선배는 어떤 사람일까요? 반대로 선배에게 좋은 후배는 어떤 사람일까요?

간호사

상담소

서로의 실수를 감싸 주고,
다시는 실수하지 않도록 서로 격려하고 도와주면
분위기가 한층 좋아지지 않을까요?

미국도 일보다는 사람이 힘든 경우가 많아요. 어딜 가나 성향
이 다른 사람과 일하는 건 힘들죠. 저는 후배들을 인격적인 존
재로 대하려고 노력해요. 내가 챙겨야 할 '동료'라고 생각하고
되도록 꾸짖는 일은 하지 않아요. 후배도 실수를 하고 저도 사
람이니 똑같이 실수를 합니다. 서로의 실수를 감싸 주고, 다시
는 실수하지 않도록 서로 격려하고 도와주면 분위기가 한층
좋아지지 않을까요? 굉장히 힘든 일인 것 같지만 절대 그렇지
않아요. 예를 들어, 후배가 환자의 약을 챙기는 걸 깜빡했어
요. 그럴 때 "정신 못 차려?" 하고 윽박지르기보다는, "이 약이
빠졌으니 얼른 투여하세요. 다음부터는 잊지 말고요" 하는 게
결코 어려운 일이 아니에요. 후배가 여러 번 실수를 한다고 해
도 결국은 본인이 책임져야 할 일이고, 언젠가는 습득해야 할
업무예요. 다그치는 것만이 일을 더 잘하게 하는 방법은 아니
라고 생각합니다. 후배는 내 밑 사람이니 함부로 대해도 된다
는 인식 자체를 바꿔야 해요.

환자와 보호자가 믿고 기댈 수 있을 만큼
강한 마음을 가진 간호사가 되고 싶어요.

《간호사라서 다행이야》를 읽고 간호사라는 꿈을 가지게 된
고2 학생입니다. 간호사를 꿈꾸게 된 후로 관련 책도 많이 읽
고 봉사활동도 꾸준히 다니고 있는데요. 마음 아픈 일을 보거
나 겪을 때면 저도 모르게 코끝이 찡해지곤 합니다. 나중에 간
호사가 돼서 실제로 그런 일을 마주했을 때 환자와 보호자가
믿고 기댈 수 있을 만큼 강한 간호사가 되고 싶어요. 어떻게
해야 더 단단한 마음을 가질 수 있을지 선생님의 조언이 듣고
싶습니다.

그리고 간호사로 살다 보면 사람의 죽음 앞에서 감정이 무뎌
진다는 이야기를 종종 듣곤 합니다. 저는 인간으로서, 간호사
로서 죽음 앞에 무감각해지는 사람이 되고 싶지 않아요. 환자
의 죽음에 아픔을 느끼면서도 그 사람을 존중하는 마음으로
떠나보낼 수 있는 간호사가 되려면 어떻게 해야 좋을까요?

간호사

상담소

248

죽음 앞에서 슬프고 아픈 건 어쩔 수 없지만
천천히 훈련을 하다 보면 마음이 단단해질 거예요.

죽음에 무뎌지는 간호사는 없을 거예요. 사람이 죽었는데 어떻게 담담할 수가 있겠어요. 다만 그런 상황들을 간호해야 할 '상황'의 일부로 보고 간호할 수 있도록 전문인으로 단련이 되는 거랍니다. 신규 간호사일 때는 감정 컨트롤이 어려울 수 있지만, 경력이 쌓이면서 점점 나아지는 모습을 발견할 수 있을 거예요.

유연하게 대처할 수는 있겠지만 슬프고 아픈 마음은 어쩔 수 없죠. 저도 간호사가 된 지 10년이 넘었지만 지금도 여전히 슬픈 일이 많아요. 저는 환자를 생각하며 우는 건 그분들을 마음속으로 기리는 거라고, 그렇게 슬픔을 흘려보내면서 마음이 더욱 단단한 간호사로 성장하는 거라고 생각해요. 하지만 아무리 슬퍼도 그런 감정들을 잘 조절할 수 있어야 간호사로서 간호도 잘할 수 있답니다. 스스로 천천히 훈련을 하다 보면 마음을 단련할 수 있을 거예요. 울지 않는다고 해서 환자를 존중하지 않는 건 아니잖아요. 누군가는 그 상황에서 냉철하게 전문적으로 간호를 하고 처치를 해야 하는데, 그게 바로 간호사의 임무라는 걸 기억하세요.

중환자실 6개월차,
너무 힘들어서 그만두고 싶어요.

해외 간호사를 꿈꾸는 대학병원 ICU 6개월차 신규 간호사입니다. 요즘 병원 생활이 너무 지치고 힘듭니다. 중환자실의 숨막히는 분위기가 저에게는 너무 버겁고, 저의 미숙함이 답답해 스스로 질책도 많이 해요. 그래서 더 이상은 잘할 자신이 없어 업무의 강도가 조금은 덜한 작은 병원으로 옮겨 엔클렉스와 함께 해외 간호사를 준비할까 합니다. 그러면서도 힘든 일을 이겨 내지 못하고 도피한다는 생각이 저를 괴롭혀 이러지도 저러지도 못하고 그저 하루하루 버티고 있는 상태예요. 저 어떻게 해야 할까요? 선생님의 조언이 듣고 싶습니다.

힘든 일을 하고 있기 때문에 힘든 거예요.
본인이 나약해서 힘든 게 절대 아니니
마음을 괴롭게 하지 말고 잘 보살펴 주세요.

본인과 맞지 않는 곳에서 일하시느라 마음고생이 많으신 것
같아요. 중환자실은 특히 신규 간호사가 맡기 어려운 일이에
요. 미국의 경우 신규 간호사는 중환자실에서 일을 할 수 없게
되어 있을 정도예요. 부서가 맞지 않다고 생각했을 때 바로 옮
겼으면 좋았을 텐데 그 점이 안타까워요. 6개월간 쌓은 경력
이 아깝잖아요. 1년을 채우고 경력을 챙겨 다른 병원으로 옮
기는 게 가장 좋은 선택일 텐데, 그렇다고 무작정 조금만 더
버티라고 말씀드릴 수도 없어 마음이 많이 무겁네요.

일이 힘들어서 도피하는 것 같다고 하셨는데, 사람이 너무 힘
들면 피하려고 하는 게 당연합니다. 사회 초년생이고 첫 직장
일수록 '그만두면 앞으로 어떻게 하지?', '부모님께는 어떻게
말씀드리지?' 하는 걱정과 두려움이 크겠지만 스스로를 몰아
세우면서까지 일할 필요는 없어요. 지금 힘든 일을 하고 있기
때문에 힘든 거지 본인이 나약해서 힘든 게 절대 아니에요. 현
재의 일이 자신을 너무 고통스럽게 한다면 내려놓고 다른 해
결책을 찾아봐도 괜찮아요. 신중히 고민해 보세요. 어떤 선택
을 하시든, 자신의 마음을 잘 보살피시길 바랍니다.

성격이 둔하고 눈치도 없어서
간호사 생활을 잘할 수 있을지 걱정돼요.

간호사 국시에 합격해 현재 학사 과정을 밟고 있는 스물세 살 간호사입니다. 취업 준비를 하는 동안 학비도 보태고 용돈도 벌 겸 식당 서빙 아르바이트를 시작했는데요. 고객 응대도 잘 못하고, 직원들과 협동도 안 되고, 업무에 관한 것들을 자꾸 잊어버려 결국 한 달 만에 잘렸습니다. 그 후 한의원에서도 아르바이트를 했지만, 스스로 할 일을 찾지 못하고 자꾸만 일의 체계를 잊어버리는 제 자신이 싫어져서 결국 일주일 만에 자진해 그만두었습니다.

이런 일을 겪다 보니 제가 꿈에 그리던 병원에 입사를 하더라도 권고사직을 당하거나, 부족한 제 모습에 지쳐 제가 하고 싶은 일로부터 도망을 치면 어떡하나 고민되기 시작했어요. 대학생 때 실습을 하면서 일머리가 없이 둔하고 눈치 없는 성격이 간호사라는 직업과 맞지 않는다는 걸 느끼며 좌절했던 적도 있어서 더욱 고민됩니다. 어떻게 하면 이 고민을 지혜롭게 극복할 수 있을까요?

조금 느리더라도, 나에게 주어진 일을
성실히 해내면 되는 거 아닐까요?
잘하지 못할 거라는 자신에 대한 의심을 떨치세요.

본인 스스로 둔하고 눈치가 없다고 하셨는데 다른 사람들보
다 일처리가 느리다고 해서 자책할 필요는 전혀 없어요. 저도
눈치가 없고 대책 없이 순진해 속기도 많이 속고 태움도 많이
당했어요. 하지만 그건 제 성격 탓이라기보다 사회 초년생이
라는 이유가 컸던 것 같아요. 초년생은 모두 힘들어요. 나를
사회에 맞춰 가는 과정이 어렵고 힘들어도 내가 원하는 꿈을
위한 인내의 과정은 어떤 직업에서든 존재한다고 생각해요.
학생은 다이아몬드 원석이에요. 여러 가지 사회 경험을 통해
그 원석이 다듬어져서 결국 다이아몬드가 되는 거죠. 자책하
지 마세요. 느리더라도, 본인에게 주어진 일을 성실히 해내면
돼요. 자신감을 가지라고만 말하기엔 부족한 것 같아요. 계획
을 세우세요. 목표를 세우고 하나씩 실천하세요. 또 자신감 있
는 표정과 말투를 연습해 보세요. 내가 잘하지 못할 거라는 자
기 자신에 대한 의심을 떨치세요. 더불어 자신에게 부족한 게
무엇인지 생각하고, 책을 읽거나 강연을 찾아보는 등 공부하
고 노력하길 바랄게요.

간호사로 일한 지 두 달 만에
권고사직 당했어요.

국시 합격 후 일한 지 두 달 만에 권고사직을 당했습니다. 학생 때부터 남들보다 이해력도 늦고 부족해서 간호학과가 적성에 맞지 않는 것 같아 자퇴도 생각했지만 결국 부모님께 말하지 못해 여기까지 오게 됐어요. 권고사직 당한 이야기도 못해서 부모님은 제가 그만둔 줄 아세요. 이제 다시 병원에 들어가야 하는데 솔직히 임상에 가기가 너무 두려워요. 종합병원보다는 작은 로컬 병원이나 요양 병원이 그래도 낫지 않을까 생각하는데 부모님께서는 작은 데 가려고 그렇게 공부했냐며 이해를 못하셔서 너무 답답한 상황입니다. 그나마 조금 수월하고 여유로운 요양 병원이나 로컬 병원에 가면 제가 잘 적응할 수 있을까요?

Answer

내 인생은 내가 선택하고 결정하는 거예요.
내 인생의 주인공은 나라는 걸 잊지 마세요.

요양 병원이나 로컬 병원을 말씀하셨는데, 그곳이라고 여유로울지는 잘 모르겠어요. 하지만 중요한 건 본인의 선택이에요. "좋은 대학 나와서 로컬 병원이라고?" 하는 사람도 있지만 뭐 어때요? 나만 행복하면 되죠. 원하는 일을 하세요. 부모님이 싫어하신다고 내가 원하지도 않는 곳에 가서 꾸역꾸역 일한다면 결국 결과는 같을 거라고 생각해요. 자신의 인생은 결국 자기가 책임지고 선택해야 해요.

어떤 길을 갈 때, 그 길에 확신이 있는 사람은 아무도 없어요. 하지만 결국엔 내가 선택하는 거고, 그 선택에 책임을 지는 것도 나 자신이에요. 쉬는 동안 '내가 뭘 하고 살아야 할까?', '뭘 하면서 살아야 내 인생이 재밌을까?' 계속 고민해 보세요.

무엇보다 중요한 건 자기 자신을 너무 괴롭히거나 압박하지 않는 거예요. 실패해도, 좀 예쁘지 않은 인생이라도 어때요? 결국 내 인생의 주인공은 나 자신인 걸요. 자신을 많이 사랑해 주세요. 후회 없는 선택을 하시길 응원합니다.

병동 간호사로 일할 자신이 없어
공무원으로 전향합니다.

현재 간호학과 졸업을 앞두고 있는 대학생입니다. 저는 간호학과에 진학을 하면 대학병원에 입사하는 게 당연한 것인 줄 알았어요. 하지만 그게 아니라는 걸 알게 된 후로 여러 방면으로 제 진로에 대해 고민을 하게 됐습니다. 제가 병동 간호사로서의 진로를 포기한 결정적인 이유는 병원에서 실습을 하면서 간호사로 일을 하는 것에 대한 두려움이 커졌기 때문입니다. 식사도 제대로 못하고 하루 종일 바쁘게 뛰어다니는 모습, 환자들의 컴플레인으로 고개 숙이는 모습, 선배들에게 태움당하는 모습 등 여러 현실적인 모습을 보게 되면서 '내가 과연 저렇게 할 수 있을까?'라는 생각이 들었어요. 남들이 보기엔 제 의지가 그 정도밖에 안 된다고 생각할 수 있지만, 저는 그런 하루하루를 살아갈 용기가 없어 공무원으로 진로를 바꾸게 됐습니다.

남들과는 조금 다른 길을 택한 만큼 불안감이 큰 하루하루를 보내고 있어요. 그래서 선생님의 응원과 위로가 필요해 이렇게 글을 씁니다. 항상 많은 간호학생들에게 본보기가 되어 주셔서 감사합니다.

Answer

간호사 면허로 할 수 있는 것들을
끊임없이 궁금해하고 다방면으로 찾아보세요.

병동 간호사로서의 생활이 많이 걱정되시는 것 같아요. 실제로 태움과 무리한 업무 등이 주 퇴사 사유이지만, 병원마다 그리고 병동마다 분위기가 다를 수 있다는 걸 알아 두셨으면 좋겠어요. 3교대 시스템이 힘들어서 공무원으로 전향하시는 분들도 많은데요. 그 선택이 절대 잘못되거나 나쁜 게 아니에요. 졸업 후에 보건소 쪽으로 진로를 택하시는 분들도 있고요. 법률 회사에서 간호 관련 부분에서 일하실 수도 있어요. 또는 제약회사에 들어가거나 보건 교사로 일하는 등 선택지는 정말 많습니다.

공무원 준비도 여간 힘든 게 아닐 텐데 계획 잘 세우셔서 꿈 이루시길 바랄게요. 병동 간호사가 되는 것만이 간호사로서의 꿈을 이루는 건 아니라는 걸 아시고, 간호사 면허로 할 수 있는 것들이 무엇이 있는지 끊임없이 궁금해하고 찾아보시길 바라요. 분명 꼭 맞는 일을 찾으실 수 있을 거예요.

간호 이민을 생각하고 있는
서른일곱 살 아이 엄마입니다.

일곱 살 아이를 둔 서른일곱 살 아이 엄마입니다. 결혼 전까지
는 수학 강사로 일했고, 아이 낳고서는 과외를 하며 지내고 있
어요. 저는 항상 해외로 나가 전문직으로 일하며 살고 싶다는
꿈을 꿔 왔어요. 고민에 고민을 거듭한 끝에 간호학과에 입학
하기로 결정했습니다. 한국에서 5~6년 공부하고 1년 정도 경
력을 쌓으며 미국 간호사 자격증을 준비해 이민을 생각하고
있는데요. 바로 해외에 나가 공부하기에는 학비가 너무 많이
들 것 같아 한국에서 공부하고 가는 것으로 결정했습니다.
비록 늦은 나이지만, 저도 선생님과 비슷한 길을 갈 수 있을까
요? 제가 잘 계획하고 있는 걸까요? 먼저 길을 가 본 선배님으
로서 조언 부탁드립니다.

간호사

상담소

258

미국 간호사는 정년이 정해져 있지 않아
본인이 원하는 때까지 오래 일할 수 있어요.

지금 계획하신 기간 정도라면 영주권을 신청하고 기다렸다가 가실 수 있을 거예요. 영어 공부를 하고 자격증을 준비해놓기에도 충분한 시간이 될 것 같고요.

말씀하신 대로 외국 간호대는 학비가 너무 비싼 게 단점이죠. 그래서 저는 해외 간호사를 꿈꾸는 분들에게 되도록 한국에서 공부하고 가는 걸 추천하고 있어요. 학비 문제뿐 아니라 한국어로 공부하는 게 당연히 훨씬 수월하니까요. 지금 계획하신 내용에 덧붙여서 미국 간호사 시험 학원, 병원 연계 에이전시나 이민 전문 변호사 등을 찾아보시면 더 정확하게 틀을 잡으실 수 있을 거예요. 상담을 통해 많은 정보를 얻을 수 있거든요.

미국 간호사는 정년이 정해져 있지 않아 본인이 원하는 때까지 오래 일할 수 있어요. 제가 일하는 곳에도 예순 넘으신 분이 네 분이나 계세요. 그만큼 사람들이 오래 일하는 직업이고, 충분히 그렇게 할 수 있는 직업이에요. 꼼꼼하게 잘 계획하셔서 해외 간호사로서의 꿈을 꼭 이루시길 바랍니다.

경력 5년차,
퇴사했는데 이제 뭐하죠?

대학병원 ER에서 5년간 근무하다 퇴사한 간호사입니다. 사람들은 연봉도 높은 대학병원에 다니면서 뭐가 아쉬워서 그만뒀냐고들 해요. 그런데 작년에 3교대 근무를 하면서 피로가 누적되어 그런지 급성신우신염, 잠복결핵이 발병했어요. 몸의 균형이 하나둘 깨지는 것도 힘들고, 여전히 과도기에 머물러 있는 한국 간호사의 현실도 힘이 듭니다.

그래서 그만두긴 했는데 사실 뭘 해야 할지 아직 모르겠어요. 병동 간호사 대신 국민건강보험공단이나 건강보험심사평가원 같은 공기업에도 들어가 보고 싶고, 미국 간호사에 대한 생각도 갖고 있어요. 그러다가도 간호사 일이 너무 힘들고 질려서 아예 다른 일을 할까 생각할 때도 많아요. 그렇지만 배운게 이것밖에는 없고 또 일하면서 보람도 많이 느꼈고…. 마음이 갈팡질팡해요. 이제 갓 퇴사했지만 마냥 놀 수는 없고, 그렇다고 어떤 일을 해야 할지 모르겠어서 고민이 많습니다. 어떻게 해야 할까요?

실패하면 어때요?
결국은 모두 좋은 경험으로 남을 거예요.

우선, 많이 힘드셨을 텐데 5년 동안 수고 많으셨습니다. 일단
은 푹 쉬시면서 건강을 챙기시면 좋겠어요. 지금으로서는 '건
강'이 제일 중요한 것 같아요. 세상의 어떤 것도 건강과 바꿀
수는 없잖아요.

그다음에 본인이 하고 싶은 일을 천천히 생각하고 계획을 세
우세요. 꼭 간호사에 관련된 일이 아니라도 관심이 있는 분야
가 있다면 어떤 일이든 시도해 보시길 추천합니다. 그러다 보
면 본인도 몰랐던 다른 능력이나 흥미를 찾게 될 수도 있고,
혹은 간호사 일이 다시 하고 싶어질 수도 있잖아요. 실패해도
결국은 모두 좋은 경험으로 남아 도움이 될 거예요. 건강 관리
하시면서 계획을 잘 세워 후회 없는 간호사로서의 인생을 준
비하고 만들어 가시길 바랍니다.

아이엘츠 시험,
어떤 시기에 어떻게 공부해야 할까요?

전문대 간호학과에 입학하는 새내기 학생입니다. 진로를 고민하던 중 선생님의 《간호사라서 다행이야》 책을 접하고 간호사라는 직업에 관심을 갖게 됐어요. 결국 이렇게 간호학과에 진학하게 됐고, 지금은 뉴욕에서 간호사로 일하고 싶다는 목표가 생겼습니다. 쉽지는 않겠지만 열심히 도전해서 꼭 그 목표를 이룰 거예요.

그런데 미국에서 일을 하려면 아이엘츠를 어떻게 공부해야 하는지 궁금합니다. 미국 간호사 시험을 보기 전에 완벽하게 준비해 놓는 게 좋은 건지, 모르는 게 많아 걱정이 앞섭니다. 아이엘츠 시험, 어떤 시기에 어떻게 공부해야 할까요?

간호사

상담소

자신감과 실력을 빨리 향상시키고 싶다면
외국인과 직접 대화하는 걸 추천해요.

아이엘츠 시험은 미국 간호사 면허를 취득한 후에 공부해도 괜찮아요. 혹은 미국 간호사 시험 신청 후 승인 및 시험 날짜가 나오기까지 1년 정도 걸리는데, 그 시간에 아이엘츠 공부를 병행하셔도 되고요. 근무를 하면서 동시에 공부도 한다면 한 가지 공부에만 매진하는 게 좋겠지만, 그런 게 아니라면 영어와 면허 시험을 같이 준비하는 것도 방법이 되겠죠? 다만 아이엘츠의 경우 유효 기간이 2년이라는 걸 꼭 알아 두시길 바라요.

저는 토플처럼 컴퓨터로 질문을 듣고 녹음하는 형식보다는 사람이랑 직접 이야기하는 게 외국에서 면접을 볼 때도 도움이 될 거라 생각해 아이엘츠를 택했어요. 학원을 다니며 흐름을 익히고 외국인과 대화하며 스피킹을 준비했는데 덕분에 자신감도 늘고 실력도 빨리 향상됐던 것 같아요. 스피킹 스터디 그룹도 많이 이용했어요. 학원비 절약은 물론 열심히 공부하려는 친구들을 많이 만나서 동기부여도 되고 좋았어요.

저도 대학생 때 뉴욕에서 오신 선생님의 강의를 들으며 꿈을 키웠고, 그 꿈을 이루기까지 10년이 걸렸어요. 제가 그랬듯, 포기하지 않으면 언젠가는 꿈을 이룰 수 있을 거예요.

간호사로 커리어를 쌓고 싶은
아이 엄마입니다.

다섯 살, 두 살 아이들과 함께 뉴질랜드에 살고 있는 아이 엄마입니다. 간호학과에 진학하고 싶어 이것저것 찾아보다가 선생님을 알게 됐고, 낯선 곳에 정착해 워킹맘으로서 열심히 살아가는 모습을 보면서 같은 엄마로서 참 멋지다는 생각을 많이 했어요.

현재 지원을 하려고 서류 준비 중에 있는데, 아이들이 많이 신경 쓰이고 걱정됩니다. 제가 어린 나이도 아니라 지금 아니면 못할 것 같고, 저도 제 직업을 갖고 제 인생을 살고 싶은데 '내가 너무 이기적인 건가?'라는 생각이 문득문득 들며 답답합니다. 같은 이민자 선배이자 아이 엄마로서 저에게 필요한 말을 해 주실 수 있을 것 같아 선생님께 메일을 보냅니다.

자신의 커리어를 발전시키고 싶은 건 당연해요. 누구도 내 인생을 희생하라고 강요할 수 없어요.

일단, 학교를 지원하시기 전에 한국에서 다닌 학교의 학위를 인정해 주는지 알아보세요. 저는 제가 다니던 학교에서 한국 학위를 인정해 주지 않는 걸 뒤늦게 알게 돼서 간호학 4년 과정을 처음부터 다시 들어야 했거든요. 그러니 꼭 제대로 알아보시길 바랍니다.

자신의 커리어를 갖고 발전시켜 나가고 싶은 건 당연한 일이에요. 아이를 잘 키우는 것도 물론 중요하지만, 누구도 아이를 위해서 내 인생을 희생하라고 강요할 순 없어요. 저는 어릴 때 부모님께서 모두 일을 하셨어요. 그게 섭섭하기보다는, 열심히 일하시는 부모님의 모습을 보며 저도 부모님을 본받아 열심히 살아야겠다는 생각을 했어요. 특히 엄마가 일하시는 걸 보면서 '엄마처럼 멋진 여자가 되어야지' 다짐했어요. 제 아이에게도 그런 엄마가 되고 싶고요.

어쨌든 선택은 자신의 몫이겠죠. 어떤 선택을 하시든 응원합니다.

타국에서 살아가는 이민자로서의
경험담이 듣고 싶습니다.

간호사를 꿈꾸는 간호대 3학년 학생입니다. 사실 처음엔 얼떨결에 간호학과에 오게 됐지만, 지금은 간호사라는 직업을 진지하게 생각하고 있어요. 3학년이 되고 진로에 대해 깊이 고민을 한 끝에 해외 간호사가 되어야겠다고 마음을 굳혔습니다.

그런데 그렇게 결정은 했지만 타국에서 이민자로 살아가는 것에 대한 두려움이 큽니다. 문화나 생활 양식, 주변 사람들의 인식 같은 게 궁금하기도 하고요. 해외에 거주하시는 선생님의 귀중한 경험을 나눠 주시면 감사하겠습니다.

Answer

제 자신을 발전시켜 가는 계기라 생각하며 긍정적으로 살아가려고 노력합니다.

어느 지역에 거주하냐에 따라서 사람들의 인식이 다르겠지만, 제가 있는 뉴욕은 한국에 대해 많이 아는 외국인들이 많아 우호적인 분위기예요. '한국 간호사'라고 하면 똑똑하고 일 잘하기로 알려져 있고요. 물론 이민자로서의 생활은 힘들지만, 저는 새로운 것에 도전하고 새로운 환경을 경험하는 걸 좋아하기 때문에 긍정적으로 받아들이고 있어요. 무엇보다 저를 더 발전시켜 가는 계기라 생각하면서 살아가고 있답니다. 제가 외국에 잘 적응할 수 있었던 또 다른 이유는 항상 응원을 해 주는 든든한 가족 덕분이라고도 할 수 있겠고요.

어디에 있든 내 마음가짐이 중요해요. 용기를 갖고, 어디서든 행복한 간호사 생활을 하시길 응원할게요. 파이팅!

죽음에 무뎌지는 간호사,
어떻게 생각해야 하나요?

간호사를 꿈꾸고 있는 고3 수험생입니다. 꿈을 이루기 위해 자료를 찾아보면서 의료진이 환자들의 죽음을 일상적으로 경험하다 보니 종종 환자의 죽음에 무뎌지기도 한다는 사실을 알게 됐습니다. 어떤 분들은 환자의 가족들이 통곡하고 있을 때에도 담담하게 의료 기구를 정리하고 있는 자신의 모습을 보며 회의감도 느낀다고 하더라고요.

사실 저는 이런 게 잘 이해되지 않는데요. '어떻게 자신이 돌보던 환자가 죽었는데 담담할 수 있을까?' 하는 생각이 들어요. 진심을 담은 간호가 아닌 그저 일로만 생각하는 건 아닐까 싶기도 하고요. 죽음에 대해 무뎌진다는 게 자신을 믿고 따라와 준 환자에 대한 예의도 아닌 것 같다고 느껴지더라고요. 하지만 무작정 그걸 나쁘다고 할 수만은 없는 것 같기도 해요. 선생님께서는 생명을 다루는 직업에 종사하는 의료진으로서 타인의 죽음에 무뎌진다는 것에 대해 어떻게 생각하시는지 궁금합니다.

간호사

상담소

죽음에 무뎌지는 게 아니라
간호사로서 더욱 성숙해 가는 거라고 생각해요.

저도 대학생 때 중환자실에서 실습하며 그런 생각을 했던 기억이 나네요. 환자는 뇌압이 상승해 사경을 헤매고 있는데, 간호사 선생님들은 스테이션에 앉아 컴퓨터를 들여다보거나 다른 일만 하고 있던 모습이 이해가 가질 않았습니다. 하지만 간호사가 되고 나서 생각해 보니 그건 의사의 오더를 확인하고 환자에게 정확한 약을 투여하기 위해 계산하고 있던 거였어요. 환자를 수술실로 보낼 준비를 하고 있던 거죠.

간호사는 전문직으로, 환자가 죽음에 임박한 상황에서 냉철하게 판단해 살려야 하는 의무가 있습니다. 아무리 슬픈 상황일지라도 의료인은 이성적으로 간호를 해야 합니다. 너무 속상하지만 '나에게 맡겨진 일', '사명감을 갖고 해야 할 일'이라고 생각하며 일하면 마음도 덜 다치는 것 같아요. 저는 간호사 면허를 딴 지 10년이 넘었고 아직도 죽음에 무뎌지지 않았지만, 대신 좀 더 유연하게 대하게 됐어요. 물론, 아끼고 사랑하던 환자 분이 돌아가시면 너무 슬프지만요. 그래서 간호사는 정신적·마음적으로도 단련이 필요한 일입니다. 죽음에 무뎌진다기보다 간호사로서 더 성숙해 간다고 생각하시면 좋을 것 같아요.

Epilogue

"그 환자, 돌아가셨어요."

예정된 스케줄대로 환자가 내원하지 않아 의사에게 확인 전화를
했을 때, 돌아오는 말은 대부분 같았다. 항암 센터의 특성상 환자
와 간호사는 단순히 치료를 받는 자와 하는 자가 아닌, 그 이상으
로 마음을 나누는 관계가 되기도 한다. 그러다 보니 애정과 열정
을 담아 몇 달, 몇 년간 간호한 환자의 죽음을 목격할 때마다 마음
이 무너졌다. 어느 순간부터 환자를 보는 것이 두려워졌다.

'언젠간 무뎌지는 날이 올 거야.'

경력이 쌓여 감에 따라 환자의 죽음도 여러 차례 겪다 보면 조금
은 나아질 거라 생각했다. 하지만 간호사로 일한 지 10년이 훌쩍
넘은 지금도 여전히 환자들의 죽음 앞에서는 절로 눈물이 흐르고

마음이 크게 동요한다. 누구에게나 그렇겠지만, 죽음은 너무나 무겁고 무섭고 두렵다.

항암 간호사로 살아가면서 삶을 의미 있게 보내는 것의 중요성을 더욱 절실하게 느꼈다. 생을 이어 나가려는 암 환자들의 집념과 간절함은 고스란히 나에게까지 전해져 시간을 무의미하게 낭비하지 않도록, 하루도 헛되이 살지 않도록 한다. 삶에 대한 에너지를 심어 주고 매일을 열심히 살아갈 수 있게 동기를 부여해 주는 나의 사랑하는 환자들에게 이 자리를 빌어 고마움을 전한다.